びゃくし
illustration ファルまろ
無慈悲な悪役貴族に転生した僕は掌握魔法を駆使して魔法世界の頂点に立つ
～ヒロインなんていないと諦めていたら向こうから勝手に寄ってきました～
JN105988

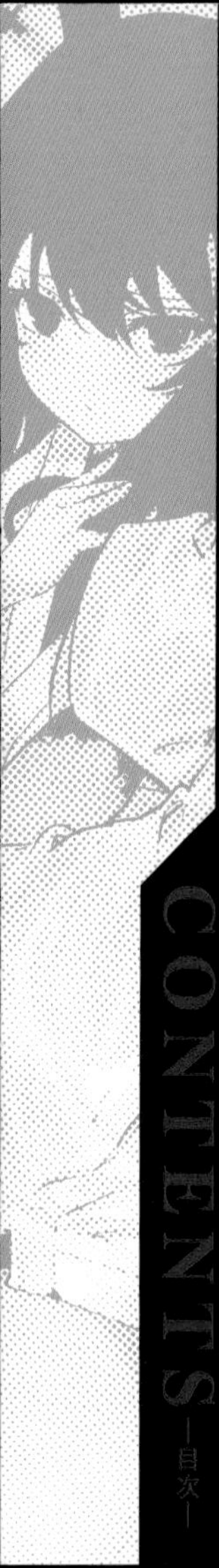

CONTENTS
—目次—

ラパーナ
クリスティナ
「……それで、突然のお呼び出しでしたが今回は何の御用でしょうか？」
「ううう……まさかこんなにも薄いだなんて。これでは主様に……見られてしまう……」
と共に
たのは姦しい三人娘。
ゃぐヒルデガルドに
うにクリスティナが現れ、
オドと視線を気にしながら
ていく。

華やかな話し
脱衣所から現
広い浴槽には
引っ張られる
その後ろをオ
ラパーナがつ

無慈悲な悪役貴族に転生した僕は掌握魔法を駆使して魔法世界の頂点に立つ
～ヒロインなんていないと諦めていたら向こうから勝手に寄ってきました～

びゃくし

GA文庫

カバー・口絵　本文イラスト
ファルまろ

Episode 01

第一話 暗く深い沼の底から

「ん……あ……」

目覚めた時、僕はベッドの上で天井《てんじょう》を眺めていた。

正確には天蓋《てんがい》付きのベッドの天井。

体は重く意思に反して思うがままに動かせない。

なんとか瞳《ひとみ》は開けているけど光が眩《まばゆ》く突き刺さり目眩《めまい》すらする。

「ヴァニタス……坊ちゃま……」

「う」

ベッドの傍《かたわ》らで誰《だれ》かを呼ぶ震えた声。

幾ばくか歳《とし》を重ねた重厚な声には何故《なぜ》か聞き覚えがあった。

「ヴァ、ヴァニタス坊ちゃまがお目覚めになられた！　ああ、何たることだ！　き、君、早くお医者様をお呼びしてくれ！　ああ、奥様と旦那様にもこのことをお伝えしないと！」

部屋の隅に控えていたメイドに即座に指示を出す初老の執事。

それをぼんやりと眺めながら僕は呼ぶ。

「爺や」

「はっ！　……何の御用でしょうか、坊ちゃま」

坊ちゃまか、僕が聞きたいのはそこじゃない。

「僕は誰だ」

「誰……そんなまさか高熱でお記憶が⁉」

「誰と聞いている」

「は、はい！　リンドブルム侯爵家の嫡男ヴァニタス・リンドブルム様でございます！」

「…………」

知っている――――ヴァニタス・リンドブルム。

あの『・・・・・・』という小説の中に出てくる悪役の一人。

「？」

「ど、どうかなさいましたか？」

「……何でもない」

いまだ訳がわからないといった顔を浮かべる爺や、ユルゲンをよそに、にわかに慌ただしくなるベッド周り。

あっという間に駆けつけた老医師が……年齢の割に歩くの早っ。

体温と脈を測り、軽い触診を続けると『特に問題はございません』と結果を教えてくれる。

そこからは本当に目まぐるしく事態は動いた。

「ああ、ヴァニーちゃん！　良かった。目が覚めたのね！　心配したのよ！」

唐突に激しい音を立て扉が開く。

現れたのは金の艶《つや》やかな髪に琥珀《こはく》色の瞳の女性。

ベッドに縋《すが》りつくようにして涙声でヴァニタス《僕》の無事を喜ぶ母上、ラヴィニア・リンドブルム。

「ヴァニー、お前は三日三晩も高熱に魘《うな》されていたのだぞ。……よく耐え切った」

母上から遅れること数分。

屋敷の中を走ってきたのだろう、僅《わず》かに乱れた呼吸を僕に悟らせまいと平静を装う男性。

銀の髪は短く丁寧に切り揃《そろ》えられ力強い濃灰色の瞳。

整った顔立ちはまさに貴族らしい隙のなさを窺《うかが》わせる。

彼こそこの侯爵家の当主であり父上、エルンスト・リンドブルム。

生死の境を彷徨《さまよ》っていた息子が目覚めたからか母上と父上は安堵《あんど》の表情を浮かべていた。

少なくともこの時の僕にはそう見えていた。

それから療養に要したのは三日。

念のために安静にと、ただベッドで老医師の診察を受ける日々だったがようやく事態を整理出来てきた。

僕は転生した。

小説『・・・・・』に登場する悪役の一人、極悪非道の無慈悲な貴族令息ヴァニタス・リンドブルムに。

何故転生したのか理由は不明だ。

そもそも小説のタイトルも思い出せない。

それどころか自分の前世たる者の素性すら一切《いっさい》記憶にない。

高校生？　サラリーマン？　それとも教師？

だが、どれもしっくりこないような違和感。

辛《かろ》うじて思い出せるのはこことは違う世界に生きていたことぐらい。

後は朧気《おぼろげ》ながら小説の主人公の名前ぐらいか、確かヒロインも複数いたと思う。

……まあいい、重要なことなら後からでも思い出すだろう。

それよりヴァニタス・リンドブルムが辿《たど》る最後の結末だけはよく覚えている。

奴隷を多数従え、暴虐の限りを尽くしたヴァニタス《僕》は自らのしてきたことの報いを受けさせられる。

奴隷の首輪を嵌《は》められ、意に背《そむ》く善行をさせられた後《のち》、血反吐《ちへど》を吐きながら絶叫する。

それでも奴隷は自害など許されない。

暗く孤独な鉱山で衰弱するまで働かせられ死を迎えるだけだ。

ああ、そうだ。

名前も思い出せないあの小説を読んでいる途中、友人にヴァニタス《僕》の最期をネタバレされたんだった。

あれはマジでムカついた。

それで途中で読むのを止《や》めたんだった。

だから余計に記憶が朧気なのか？

療養中の三日間多少の事件はあったが、そんなことばかり考え続けていた。

そして今日。

久々に皆で食事を取ろうとの母上の提案で同じ食卓に座った両親と僕。

母上が一方的に話す内容に父上と僕で適当に相槌《あいづち》を返し、療養中とは異なるしっかりとした味付けの料理に舌鼓《したつづみ》を打つ。

美味《うま》～、なにコレ。

ちょっと料理長、部屋の隅で縮こまってないでもっと自信を持ってよ。

……さて、食事も終わり本題はここからだ。

「父上、母上。お話があります」

「ヴァニー……なに、を……」

「ヴァニーちゃん？　どうしたの？　お腹《なか》痛い？」

父上は流石だな。

空気が変わったのをすぐに察知した。

母上、お腹は別に痛くありません。

寧ろ前世でも食べたことがないだろう豪華な食事に興奮していました。

「ヴァ、ヴァニー、話なら後でゆっくり聞こう。いまは――」

父上、すみません……逃がすつもりはないのです。

「僕は……貴方たちの息子であるヴァニタス・リンドブルムではない」

固まる両親。

そうだ、僕は貴方たちの知るヴァニタス・リンドブルムじゃない。

暗い沼の底から得体の知れないものが現れた――それが僕だ。

Episode 02

第二話

老執事から見た違和感ある光景

ユルゲン・ホス。

リンドブルム侯爵家の執事として長年仕えてきた私はいま非常に悩まされている。

ヴァニタス坊ちゃま。

十五歳になったばかりの侯爵家嫡男にして二人の妹君を持つ後継者候補。

坊ちゃまは遠馬での遠征先にて深い底なし沼へと落ち、高熱に三日三晩魘《うな》されることとなった。

意識不明の状態だったはずの坊ちゃまは目覚めるやいなや、我々にエルンスト様の書庫から大量の本を持ってこさせるよう指示を出した。

以前までの坊ちゃまならエルンスト様の蔵書になど欠片《かけら》も興味を示さなかったというのに。

それこそ、勉学になど目もくれず、日々ご両親に強請《ねだ》って購入した奴隷を侍《はべ》らせ領地を練り歩く日々。

『どうかヴァニタス様の横暴をお止め下さい。街中で奴隷の一人が意味もなく蹴《け》られていました。……あれではあの娘があまりに不憫《ふびん》です』

一歩街に繰り出せば坊ちゃまの行動を糾弾する領民の声が私にも聞こえるほど悪評は広まっ

ている。

それは魔法学園でも同じであり、三人の奴隷を従え、侯爵家の権力の下、思うがまま、我が侭《まま》に過ごす……クズ中のクズ。

仕える身としてはこの身が裂けてもそのようなことは口には出せないが……否定もできないのが辛《つら》いところだ。

エルンスト様とラヴィニア様が本当にお労《いたわ》しい。

幼少期のヴァニタス坊ちゃまはそれはもうお優しいお子様で、ラヴィニア様のため花を摘み、花冠を作ってプレゼントしていた光景はいまでも鮮明に思い出せる。

エルンスト様も二人の微笑ましい姿に日々の疲れさえ忘れ、坊ちゃまを肩車して屋敷へと帰ったほどだ。

あの事件、いや事故さえなければ坊ちゃまは誰《だれ》からも後ろ指を指される存在にはならなかったのに……悔やんでも悔やみ切れない。

だがそれは別としていまの坊ちゃまはどうだ？

次々と本を読み進める姿は凛々《りり》しく、以前までとは顔つきすら違って見える。

メイドはもとより私にも丁寧に礼儀正しく接して下さり、言葉遣いもまったく異なる。

まるで別人に入れ替わってしまったかのよう。

あの高熱に魘《うな》されご両親の名前をしきりに呟《つぶや》いていた坊ちゃまに何が起きたのか？

だが……。

「きゃ！」

「ん、ああ、すまん。つい」

坊ちゃまがメイドの尻《しり》を撫《な》でた。

……こういったところは以前までとお変わりない。

本を読まれる片手間にさっと撫でる手付きは熟練のそれ。

「……まさか、無意識なのですか？」

変わってしまったところと変わりないところ。

私の胸に巣食う違和感。

それが解消されるのは、無事快復された坊ちゃまを交えてのお食事の席、そこで私はヴァニタス坊ちゃまの真実を知る。

Episode 03

第三話　些細《ささい》な選択

「整理する時間をくれ」

　ヴァニタス・リンドブルムの真実を伝えた後、父上はそれだけを言い残すと動揺する母上を連れて部屋を出ていった。

　老執事ユルゲンも動揺した面持ちを隠せなかったがどこか納得のいった表情をして二人についていった。

　父上も母上も実の息子の精神的な死に少なからずショックがあるのだろう。

　それがどれだけのクズ野郎のことだとしても親というものは子供のことが気になるものだ。

　変に笑い飛ばされたり、追い出されたりしなくて良かったと逆に考えよう。

　という訳で僕は父上の書庫からメイドたちに持ってこさせた魔法に関して記された書籍を読み耽《ふけ》っていた。

　感想だが――――実に面白《おもしろ》い。

　この世界の魔法は体内の魔力を操作し、魔法名を唱えることで発動する。

　魔法名を唱えない無詠唱という技術も存在するようだが、要は本人の想像力次第でいかようにも変化する万能の力。

取《と》り敢《あ》えず思い出した範囲ではヴァニタス《僕》は光属性の魔法を使えるようにと鍛錬していたようだ。

勿論《もちろん》そこはヴァニタス《僕》、習熟度自体大したことはなく、途中で投げ出したからか基礎的な魔法ともいえる『ライトアロー』ぐらいしか使えない。

小説の中のヴァニタスは奴隷たちを前面に出して主人公に嫌がらせを続けるキャラクターだった。

故にこそ戦闘力という面では必要ないと判断されたのだろう。

そこに本人の性格もあり、派手さと格好良さを求めたものの、伸び悩み面倒になって止《や》めた。

ああ、そうそう僕がヴァニタスの記憶を引き出せる理由だがこれもよくわからない。

ヴァニタスの人格は僕にはないのだが、引き出そうと集中すればなんとなく思い出せる。

なんにせよ前世の記憶のない僕にとってはこの世界で生きていくには何かとヴァニタスの記憶は便利だ。

目も当てられない悪行ばかりで気が滅入《めい》ることもあるけど。

それはそれとして問題もあった。

「あっ……」

「またか、すまない」

「………もう、ヴァニタス様……困ります」

「悪かった。以後気をつける」

特に意識していないがメイドの尻《しり》が近くを通るとつい撫《な》でてしまう。

……これは明らかにヴァニタスの手癖《てくせ》がうつっている影響だろう。

頬《ほお》を赤らめ部屋を出ていくメイドを見送り溜《た》め息《いき》を吐《つ》く。

どうやら肉体に引っ張られて予期せぬことをしでかす場合もあるようだ。

これぱかりはどうにも慣れないが仕方のないことだと割り切ろう。

……メイドの尻は柔らかいし悪い気はしないしな。

取り敢えず体の問題は一旦《いったん》棚上げするとして、ともかく魔法に関して僕は一つ思いついたというか、書庫の本を読み進める中で気になったことがあった。

それは、ヴァニタスのキャラクター説明に出てきた同じ名を持つ伝説の魔法使い、ヴァニタス・アーミタイルの扱う魔法。

掌握魔法と呼ばれる通常の魔法発動のプロセスとは異なる様式を持つ特異な魔法。

流石侯爵家の書庫というべきか、幸運も極まったというか、幸いなことに掌握魔法について記された魔法書は手元にあった。

僕は夢中になってその本に書かれている内容を頭に叩《たた》き込《こ》んだ。

前世ではなかっただろう魔法という現実に胸が高鳴っていた。

これを学ばなければ勿体《もったい》ないだろ！

ヴァニタスに転生した彼は知る由《よし》もないことだが、本来ヴァニタス《彼》の最も得意とされる先天属性は『虚無』。

これは本編とは異なるスピンオフの巻末にてひっそりと明かされた設定であり、転生前の彼は生涯知ることのなかった事実である。

光属性の魔法を学んだのはヴァニタスが派手さを求めたからだ。

わかりやすい強さと格好良さを求め、傲慢《ごうまん》さから自らの先天属性を調べることを怠った。

しかし、ヴァニタスに転生した名もなき彼は、数多《あまた》ある魔法の中から誰《だれ》もが習得していない掌握魔法を選んだ。

それは、作中でヴァニタスのキャラクター説明に出てくるだけのたった一文であり、世界観を広げるだけの文言《ファンサービス》。

『伝説の魔法使いヴァニタス・アーミタイルは掌握魔法を扱う』

たったそれだけのことが頭の片隅にこびりついていたからこその偶然の気づき。

しかし、いまや現実となったこの世界では掌握魔法は誰も習得していない、しようとすらしない失われた魔法だった。

父上の書庫の本もあらかた読み終えた頃、父上と母上から呼び出された。

ユルゲンの案内で父上の書斎へ赴く。

中で待っていた二人の真剣な表情を見ればわかる。

ここからは大切な話だと。

「ヴァニタス……あの日の話をもう一度話してくれ」

あの日の続きを父上は求めた。

泣き腫らした跡の目立つ母上も無言で頷《うなず》き同意を示す。

僕は自分がヴァニタス・リンドブルムでないことを改めて伝えた。

理由は不明だが転生し、この異世界のヴァニタスに成り代わったこと。

僕に前世の記憶と呼ばれるものは霞《かすみ》ほどしかなく、ヴァニタスの人格も残っていないこと。

そして、この世界は小説の中の世界であり、ヴァニタス・リンドブルムは将来数多《あまた》の奴隷を侍《はべ》らせ悪逆の限りを尽くし、その結果とある人物と敵対し命を落とす運命にあることを話した。

僕が知る限りすべてのことを。

そうじゃないと公平《フェア》じゃない。

彼らの知るヴァニタス・リンドブルムはもうとっくにいないのに、それを黙って騙《だま》し続けるなんて僕には出来ない。

たとえ以前までのヴァニタスが救いようのない悪役貴族だったとしても、彼の人生を奪った以上真実を隠していたくない。

「そう、か……」

父上のあの感情はなんだろう。

どこか諦《あきら》めていたような、受け入れるような。

「アナタはヴァニーちゃんじゃない……」

母上に面と向かって否定されると無性に悲しくなる。

これがヴァニタスの感情と言われても一概には判定出来そうにない。

信じ難《がた》い話のはずだが……二人とも僕の話を受け入れてくれていると思う。

「実はヴァニーは……一度死んだんだ。医師の診断では数分の間確実に心臓の鼓動がなくなっていた」

……高熱で命を落としたヴァニタスに僕が転生したのか。

熱に浮かされていた時の記憶は僕にはないが、両親の反応からいってヴァニタスの死には思うところがあったようだ。

……当然か。

「あの時、私は諦めた。いや諦めたなど自分への擁護なだけだ。……ヴァニーの鼓動が弱まり私たちの名を弱々しく呟《つぶや》いた時……私はあろうことかこれでいいと思ってしまった。誰《だれ》かに危害を加え続け嫌われるままなら、このままヴァニーが誰も止められない怪物となるならいっそのこと……」

「父上……」

それは罪の告白だった。

追い詰められた末のあまりにも辛《つら》い告白。

「エル、アナタだけじゃないわ。わたしも……昔のヴァニーちゃんに戻れないならいっそのこところで終わってしまった方がいいのかもしれないと……願ってしまった。実の息子の、お腹《なか》を痛めて産んだ息子の死を願うなんて……親どころか人として失格ね」

壮絶だった。

いや悪役貴族の両親を軽く見ていただけだ。

小説では登場しなかったヴァニタスの両親。

彼らが何を考えているかなんて何一つ想像が及んでいなかった。

愛する息子の死を願う。

……悪役貴族とは罪深いものだな。

心優しいはずだった彼らをこうも変えてしまうとは。

父上は更に告白を続けた。

それはヴァニタスが横暴を振るうようになった切っ掛け。

小説には登場しなかった僕も知らない設定《じじつ》。

「ヴァニーは変わってしまった。そう、あの事故が起きるまでは本当に優しい子だったんだ」

「事故？」

「そうか、なんでも知っているように思ったが、君も知らないことがあるのか」

父上は寂《さび》しそうに顔を顰《しか》める。

「ヴァニーには弟がいたんだ。一歳違いの弟」

「――――え？」

物語《ストーリー》の知識は朧気《おぼろげ》にしかない。

知らなかった。

「名前はノイス。ノイス・リンドブルム。私たちのもう一人の息子。ヴァニーが変わってしまった原因はノイスにある。ノイスはもう……亡くなっている」

「ノイスちゃん……ウゥゥ……」

ノイスの名を聞いた直後泣き崩れる母上を父上が宥《なだ》めるように肩を抱く。

「あれは五年前のことだ。……我がリンドブルム侯爵家の領地では流行り病が広まっていた。感染力の高い死を招く病。だが薬さえ届けば治る病だった」

「ノイスは私たちの不注意で亡くなったも当然だ。何せ病の特効薬を乗せた馬車は、私たちリンドブルム侯爵家の騎士団が護衛していたのだから」

「それは……」

「不意の魔物の襲撃を防げなかった。薬の大半が駄目になり……ノイスの……分も……」

ヴァニタスの記憶を引き出せば思い出せるかもしれないけど、まさかそんな重い設定があったなんて。

「それからだ。ヴァニーの怒りに逆らえなかった。言われるがまま奴隷を買い与え、諫《いさ》めることをしなかった。ヴァニーの及ぼす被害を食い止めることさえ……出来なかった。ヴァニーがノイスを家族として愛していたことを知っていたから」

「ヴァニーちゃんはノイスちゃんがいなくなってしまうことを防げなかったわたしたちを……恨んでいたの」

そして、ヴァニタスもまた自分を避ける両親に疎外感を感じ、さらに怒りを募《つの》らせたのか。

「それで……君はどうしたいんだ。ヴァニーの皮を被《かぶ》った名もない君。君がヴァニーを奪ったのではないのは、なんとなくわかる。だがこれから何を成す。死ぬ運命と言ったね。物語の中の世界。にわかには信じ難いが君が実際にここにいることが一つの証明なのだろう。だが、未来がわかるならどう立ち回る。ヴァニタス・リンドブルムとしてどう生きていくつもりだ」

「答えは簡単です。僕には何もない。この心には空虚が広がっている。――――違う。何も思い出せなくても、何の思い入れがなくてもこの世界は……面白《おもしろ》い」

「面白……い？」

「僕の前世に魔法はなかった。これは記憶がなくとも断言出来る。何故《なぜ》ならこんなに楽しいことはないからだ。魔力を操作することは難解で思い通りにいかないことばかり。でも、こうやって努力の先に結実するものがある」

　父上の目の前で右手の五指を広げ――――。

「〝握《グラップ》〟」

「それ、は……」

「掌握魔法。通常の魔法は体内の魔力を使うだけだが、掌握魔法は体外の大気中に漂う魔力を操《あやつ》る。いまこの握り締めた手の内には大気中から集めた魔力が一纏《まと》まりとなって握られている」

「ば、かな……習得したのか？　この短期間で！　古《いにしえ》の魔法を⁉　誰もが既存の魔法との差異から習得を諦めた魔法を⁉」

「いまはまだこの魔力の使い道は多くない。ただ魔力の塊として投げつける程度。しかし、いずれ僕はこの魔法を極めてみせる」

　掌握魔法、ちょっとしたデモンストレーションのつもりで父上の前で使ってみたが、やはり

魔力の集束だけだと味気ないな。

魔法書にはもっと色々な使い方が書いてあっただけに、他にも披露したかったけど、残念ながらこの先はまだまだだ。

「掌握魔法なんて魔法総省の者だって習得している者などいないはずだぞ。習得者などヴァニタス・アーミタイルしか聞いたこともない。それをたった十五歳の子供が……」

掌握魔法を見た途端劇的に動揺する父上。

さて、見せたいものは見せた。

何を成すか。

後は父上と母上にその答えを伝えておかないとな。

「僕はある意味ヴァニタスと同じだ。ヴァニタス・リンドブルム、先程の話では弟を亡くした悲しみから暴走し続けていた孤独な少年。胸に空いた空虚な穴を他人への暴力でしか解決出来なかった男。だが、そうだとしてもいままで行ってきた悪行がそれで終わる訳ではないが」

「ああ、それはわかっているよ。ヴァニーは許されないことをした」

「そのうえで言おう。僕は彼と同じく思うがままに生きる」

「――――は？」「え？」

父上も母上も僕が何を言い始めたのか理解出来ていない。

だが、それでいい。

そのまま聞いていてくれ、僕の宣誓を。

「ヴァニタスが行った悪行？　転生した僕には関係ない。悪評が立とうが、糾弾されようがそれは僕とは無関係。心が動かされるようなことがあれば干渉するかもしれないが特にこちらから何か改善しようとは思わない。それに、ヴァニタス同様気に入ったものがあれば無理矢理手に入れることもあるだろう。奴隷だって今後増やすかもしれない。貴族らしく自分の配下も欲しい。優秀で僕の気持ちを汲《く》んでくれる配下なら身分は問わない。ああそうそうヴァニタスの奴隷は僕のものだ。僕の自由にさせて貰《もら》う」

一息に伝えたがまだ二人とも固まったままだな。

「僕だって死にたい訳じゃない。時に理不尽な暴力を振るうこともあるだろう。死の運命に抗《あらが》うため父上と母上から見たら慮外の行動を取る可能性もある」

「…………」

「止めたければ止めればいい。いまならまだ間に合うだろう。僕というもう一人の怪物《ヴァニタス》を世に放つのが怖いなら……ここで殺せばいい」

「私たちにそれを言うのか……息子の顔をした誰かを討てと」

「貴方たちには権利がある。僕は図らずもヴァニタス・リンドブルムに転生した。貴方たちは言及しなかったがヴァニタスは僕が殺した可能性もある」

「⁉　それ、は」

「一度だけだ。一度だけこの僕を討つチャンスを与える。……こんな機会は今後訪れないぞ」

まあ、いざという時は多少の抵抗はさせて貰うが……出来れば傷つけたくはない。

さあ、互いに顔を見合わせた二人は何を選択する？

「……息子と同じ顔の君に殺せと提案されるなんてね。……悪夢だ」

だが、これが現実だ。

父上たちにとっては悪い夢だとしても、僕には真実を告白する責任があった。

これはこの体に転生した以上果たさなければいけない責務。

そして、何より僕はこの人たちに嘘《うそ》を吐《つ》きたくなかった。

「エル……わたし……」

立っているのもやっとの様子で腕へと縋《すが》り付く母上を、父上は力強く抱き寄せる。

その様は二人の整った容姿も相まって、まるで絵画に描かれた一幕を切り取ったもののようだった。

「一つ……聞いていいかい」

「なんでしょう」

「……何故それを宣言する？　何故これから悪行を行うかもしれないと私たちに伝える？　君は息子《ヴァニー》の振りをすれば良かった。真実を伝えずただそっくりそのままヴァニーを乗っ取れば良かった。多少の違和感はあってもヴァニーから距離を取っていた私たちなら十分に誤魔化《ごまか》せたはずだ」

「…………」

「そうすれば私たちは騙されたまま、少なくともこんな辛い気持ちを味わうことはなかった！　ヴァニーがいなくなってしまったことを目の前に突きつけられることはなかった！」

心からの糾弾の叫びだった。

ヴァニタス愛すべき息子《》はもういないと知って、それでも直面しなくてはならない現実に耐えかねていた。

「何故私たちを苦しめる……何故こんなにも苦悩させる……」

「…………」

思い悩む父上に僕は掛ける言葉を持たない。

いや、言葉を掛けてはならないと感じていた。

選択肢は与えた。

どの道を選ぶかは父上たち次第だ。

「まさか、本気で私たちに殺されてもいいと考えているなんて……」

「…………」

「本気、なのか……？　本気で私たちに選ぶチャンスを与えると？　……君が不利な立場になるだけなんだぞ。自分の命が懸かっているんだぞ、それなのに……」

「…………」

父上の激しく動揺する瞳《ひとみ》と目が合う。

僕は逸《そ》らさなかった。

この話を打ち明けた時から僕にはここで父上たちの手に掛かり殺される覚悟があった。

ここで終わってもいい、そう思えた。

無音の中、互いの息遣いの音だけが聞こえる。

やがて、ふと父上の揺れ続けていた視線が定まったような気がした。

諦めるでもなく、楽観するでもなく、父上はただありのままの僕を見て呟く。

「……君とヴァニーは似ているようで違うんだな」

そして、何処か心に巣食う曇りが晴れたような表情をして、母上を決して離すまいと強く強く抱き締めていた。

「……わかった」

「エル……」

「私たちの愛する息子《ヴァニー》の皮を被った誠実なる怪物《ヴァニタス》。君の行く末を私たちに見せてくれ」


作中では描写されていなかったが、ヴァニタス・リンドブルムの父エルンスト・リンドブルムは、気弱で息子にも逆らえない意志の弱い当主だった。

侯爵家七家の中、最も古く由緒正しい家系を誇る名家にもかかわらず、暴走する息子一人諫められないことから、爵位の低い他家からも見下され侮られるだけの人物。

故にこそ小説に名前も記されないほどのその他大勢の一人だった。

だがここに変化があった。

怪物《ヴァニタス》は彼をある意味魅了した。

あるがまま征《ゆ》く道を指し示し、不退転の覚悟で向き合うヴァニタスは、彼を息子《ヴァニー》を亡くしても未来を見てみたいと期待させた。

自分たちにすべての真実を話し、想《おも》いを打ち明ける機会を与えた姿は彼に誠実さを垣間見させた。

悪夢は続く。

息子《ヴァニー》は消え去り怪物《ヴァニタス》となった。

それでも、エルンストは誠実なる怪物《ヴァニタス》の齎《もたら》す悪夢に、もう少しだけ浸っていたいと思わされてしまった。

それは一種の憧《あこが》れ。

有象無象など気にしないと言い放つ姿に、自らを投影していた。

己《おのれ》の抑圧された感情を解き放っていいんだと気づきを得た。

悪夢はいずれ醒《さ》める。

だとしても、次にエルンスト・リンドブルムと出会った人物は驚くことになるだろう。
話が違うと。
怪物に魅了された者もまた怪物となる。
世界はまだそのことを知らない。

父上と母上は敵対を選ばなかった。

……実を言うと内心で僕はホッとしていた。

思うがまま生きるといってもやはり肉体にはヴァニタスの記憶が残っている。

父上と母上が親として惜しみない愛をもって接してくれた記憶が僕にもある。

出来るなら傷つけたくはなかった。

まあ、いざとなったらすべてを捨てて逃げ出すという選択肢もあったけど……あの二人になら討たれても仕方ない。

そう一瞬頭をよぎったのは確かだ……一時の気の迷いというやつかな。

さて家族といえばヴァニタスには双子の妹たちがいる。

物語《ストーリー》では横暴な兄を嫌い、接触を絶っている描写が出てきていた性格の真逆な双子姉妹。

当然ながら彼女たちにも僕が転生したということを伝えるべきだろう。

母上は兄がいなくなったことは黙っているべきではないかと難色を示していたが、家族だからこそ話さなければいけないこともある。

なにより僕が嫌だからな。

家族関係のことだけは早急に清算して、心置き無く自由に過ごしたい。

父上からは彼女たちはヴァニタスの横暴から逃れるため、長期休暇の間別邸に避難していると聞いた。

取《と》り敢《あ》えず会うにしても少し日数がかかるとのことなので、気長に待つとしよう。

それより、目下の課題はヴァニタスの所持する三人の奴隷について。

物語《ストーリー》でも何度も出てくることになる彼女たち。

主人公との賭《か》けの対象にされ決闘の対価となる彼女たちは、ヴァニタスが敗北する度に奴隷から解放され、主人公のハーレムメンバーに加入することになるヒロインたちだ。

よっていずれは僕の敵になる可能性もある訳だが……いまは僕のもの。

早速だが僕の部屋に奴隷たちを呼び寄せるようユルゲンに伝える。

さて来るまでの短い間に彼女たちについて思い出したこと、メイドたちに聞き込み調査しておいたことを整理しよう。

なお話に夢中になってまたメイドたちの尻《しり》を撫《な》でつけたことは言うまでもない。


一人目、クリスティナ・マーティア。

没落した元貴族であり、奴隷となる前はマーティア子爵家の令嬢だった。

年齢はヴァニタス《僕》と同じ十五歳。

胸も含めスレンダーな体型で、意志の強い水色の瞳《ひとみ》に母上と同じ金の長い髪を背中に流している。

普段は青を基調とした騎士服をベースに着こなしているが、僕の護衛も兼ねているため、外出する際は胸や手足に部分的に甲冑《かっちゅう》を身に着けている。

家が取り潰《つぶ》しになった過程は忘れたが、彼女は没落直後家族を支える資金を捻出するため自分から奴隷商人に売り込みにいった異色の人物。

約束事は必ず守る堅物な性格で、嫌いな主《あるじ》であるはずのヴァニタスの命令にも淡々と答える。

それでも感情が表情に出やすいらしく毎回渋い顔をしている。

作中でヴァニタスは彼女が一番のお気に入りだったため、決闘で負け主人公に奪われた時にはかなり荒れ狂っていた。


二人目、ヒルデガルド。

遠い南方の異国出身で体を動かすのが好きな活発な女戦士。

割と大雑把な性格で奴隷三人娘の中では一番素直にヴァニタスの命令にも答える。

年齢は意外にも年上で十七歳。

しかし、行動に落ち着きはなく感情的に動くため、年下のクリスティナに窘《たしな》められることの方が多い。

鮮やかな赤い短髪に健康的な褐色肌、身長は三人の中で最も長身であり、武器を持たず徒手空拳で戦うからかムッチリとした手足は見た目以上に引き締まってもいる。

あまり露出の多さを気にしないのと、動きやすさが第一なためか、いつも薄手の服に丈の短いズボン姿でいることが多い。

それで度々クリスティナから苦言を呈されることもあるが、彼女自身が天真爛漫《てんしんらんまん》な性格のためかクリスティナも強くは言えないようだ。


三人目、ラパーナ。

兎《うさぎ》の耳と尻尾《しっぽ》を有する黒兎の獣人。

通常兎の獣人は白毛のことが多いが、珍しい黒毛のため奴隷としての価値は高かった。

しかし、ヴァニタスは彼女を見て一目で気に入り喜んで購入した。

僕より年下で奴隷三人娘の中では最年少の十三歳。

少しボサッとした黒髪に若干虚《うつ》ろで怪しげな紫の瞳、クリスティナやヒルデガルドから比べれば一番身長が低く、体型的にも小柄でまだ未発達といった印象を受ける。

髪や瞳の色と同じ暗い色合いの服を好み、特に紫のスカートがお気に入りらしく、可愛《かわい》らしい黒い尻尾をふりふりと揺らしながら歩く姿はヴァニタスの記憶にも強く残っている。

作中では描写されていなかったが、メイドたちの間ではヴァニタスの双子の妹たちと一番仲がいいのは彼女らしい。

奴隷となる前は明るい性格だったが、度重なるヴァニタスの暴力を目の当《ま》たりにし徐々に消極的になっていってしまったキャラクターでもある。

主人公の元では明るく元気な姿を見せていたので、やはりヴァニタスのやらかした所業は罪深い。

ヴァニタスは彼女たち三人を特別に扱っていた。

それこそ誇りにすら思っていたはずだ。

これほど素晴らしい奴隷を所持しているのは自分だけしかいないと。

しかし、彼女たちは結局は全員が主人公に取られる運命にある。

いまは僕のもののままだが事態がどう転ぶかわからない。

やはり力は必要だ。

魔法の訓練は毎度新しい発見があって楽しいから苦ではないけど……そうだな、父上に相談して腕の立つ冒険者を長期休暇中呼んで訓練をつけて貰うのもいいか。

取り敢えず、いまは彼女たちとの初対面を楽しむとしよう。

Episode 06

第六話　クリスティナ・マーティアが目撃した主《あるじ》の変容

「……失礼します。クリスティナ以下三名。お呼びと聞き参上しました。入室の許可をお願いします」

「入れ」

扉を開けた視界の先には、天蓋《てんがい》付きのベッドに座ったまま我々三人を出迎える主の姿。

クッ……高熱を出して寝込んで以来久々に見たが……相変わらず顔だけは可愛《かわい》らしい。

銀に近い滑らかな白磁の髪、闇《やみ》を想起させる神秘的な黒い瞳《ひとみ》。

背丈は私のような大女とは違うこじんまりとした人形のよう。

見ろ、あの我々を招き寄せる手など強く握れば折れてしまうかのように儚《はかな》い。

……しまった。

隙を晒《さら》して無理難題な命令をされても困る。

クリスティナ《私》よ、もっと顔を引き締めろ。

「…………それで、突然のお呼び出しでしたが今回は何の御用でしょうか？」

「ん、ああ、すまないな。皆の顔を見たかったんだ。医師の要請で外部との接触は絶っていたからな」

「————は?」

あ、謝っただと⁉

あの傲慢《ごうまん》の極みともいえるヴァニタス・リンドブルムが謝った?

驚愕《きょうがく》に顎が外れそうになるのを必死に堪《こら》え、改めて主を見る。

……変わりないよな。

だが、よく観察すればいつも嫌味で棘《とげ》のある表情だったのが少しだけ柔らかい気もする。

馬鹿《ばか》な、変なものでも食べ……いや、この間の高熱で頭がおかしくなったか?

エルンスト様から高熱で意識のない間は自室で待機するよう言い含められていたから、その間何があったのか知らないが、この変わりようはやはりおかしい。

というか言葉遣いも丁寧過ぎる。

てっきり部屋に呼ばれて無駄にキンキンと怒鳴られた挙げ句、あのまったく鍛えられていない弱々しい腕でポカポカと殴られると思っていたんだがどういうことだ?

痛いフリをするのも面倒だから殴られないならそれに越したことはないんだが……。

「ふむ…………実際にこの目で見るとやはり実感が湧くな」

「いまなんと?」

「いや……なんでもない。君たちは美しいなと改めて実感しただけだ」

「はぁ?」

な、なんなんだ今日は⁉

いつもならねちっこい嫌らしい眼差《まなざ》しで『オマエらは俺《おれ》のものだ。逆らったらどうなるかわかっているだろうな』と脅迫めいたことしか言わないものを、言うに事欠いて美しいぃ？

おかしい……こいつ本当に主《ヴァニタス》か？　別人だろ。

「うむ、クリスティナ、ちょっといいか？」

「……はい？」

突然の主の手招きに戸惑いつつも近づく。

なんだ？

嫌な予感しかしないが……。

「ッ⁉　何をするのですか！　……ち、近過ぎます⁉」

な、何故《なぜ》顔を近づける⁉

あまつさえ、く、唇が触れるかのような距離に⁉

私の視界いっぱいに広がる容姿端麗な顔。

少女にも勘違いしてしまいそうな整った顔立ちについ見惚《みほ》れてしまう。

「ッ⁉」

動揺から思わず主を両手で突き飛ばしていた。

「あ……」

「悪いな。ついクリスティナの顔を間近で確認したくなってな。きめ細やかな肌、意志の強い透き通った瞳……君は僕の想像以上だな」

「な、何を……変なことをおっしゃらないで下さい」

おかしい。

やはり何かが違っていた。

普段の主ならこんなことは絶対にしない。

それに、私が反抗する素振りを見せようものなら烈火の如《ごと》く怒りを露《あら》わにするはずだ。

こんな風に一方的に私をからかって、しかも、見るからに余裕のある態度なんて……ズルい。


彼女のために補足するがクリスティナ・マーティアは無類の可愛いもの好きだ。

奴隷ながらに特別に与えられた彼女の私室には、大量のぬいぐるみが隠されていて、眠りにつく際には必ずぬいぐるみたちに囲まれて夢の世界へと旅立つ。

この趣味は同じ立場にある奴隷仲間には打ち明けているが、屋敷の使用人たちにはバレていないと本人は信じている。

没落したとはいえ貴族の矜持《きょうじ》を失わないよう毅然《きぜん》と振る舞おうとするクリスティナには隠し

たい秘密だった。

……私室を時々掃除してくれるメイドたちには公然の秘密だが。

ちなみに購入資金はヴァニタスの母ラヴィニアがこっそり渡している小遣《こづか》いからだ。

それはさておき、クリスティナの主であるヴァニタスは実は人形のような儚さと脆《もろ》さの同居した弱々しい外見をしている。

クリスティナの好みから言えば性格以外はドストライクといっても過言ではない。

主人公に決闘の末奪われなければヴァニタスにも大いにチャンスがあっただろう。

そう、彼女は――――非常に絆《ほだ》されやすいヒロインだった。

「主様は……ズルい、です」

僕の真っ直《ま》ぐ《す》見詰める視線に頬《ほお》を赤く染めながら恥ずかしそうに目を伏せるクリスティナ。

本人は冷静になろうと努力していても顔に感情が出やすいため、何を考えているかすぐに見透かせてしまう。

うむ、物語《ストーリー》ではクリスティナはヴァニタスの容姿だけは認めていたはずだと思い出したから、少しだけクリスティナをからかってみたが予想以上の反応をしてくれたな。

ちょっとイジワルし過ぎたか？

だが、可愛らしいものだ。

母上と同じ鮮やかな金の髪、澄んだ水色の瞳は清楚《せいそ》な印象を受ける。

シュッと締まったスレンダーな体型に慎ましい曲線《カーブ》を描いた胸甲冑《かっちゅう》。

まさに絵に書いたような女騎士。

ヴァニタスが気に入るのもわかる。

清楚で凛《りん》とした女騎士を自分のものに出来たなら、自慢し見せびらかしたくなるものだ。

……もう僕《前の僕》のものだけどね。

さて、問題は彼女たちに元のヴァニタスがもういないことを伝えるかどうか。

クリスティナもこの部屋に入ってきた当初は疑っていたが、彼女たちは奴隷であり、同時に将来の敵になり得る存在。

それでもこれから生活を共にする仲間、いや家族だ。

隠し事をしていては信頼は得られない。

だがその前に……。

「……やはり気になるな。ラパーナ」

「は、はい」

「近くに寄れ」

「うぅ……」

怯《おび》え切った表情のラパーナの細腕を引き、抱き寄せると膝《ひざ》の上へと乗せる。

「あわわわ」

「主様！　ご、ご無体なことはどうか……」

クリスティナは僕がラパーナに乱暴なことをするとでも思ったのか、声を張り上げ静止を願い出る。

はじめから信用されていないのは理解しているが、それを半ば無視してそっとある場所に手を伸ばした。

「あ、あ…………あぁ……」

「ほう、いい毛並みだ。柔らかく……しっとりしている。ん？　どうした緊張でもしているのか？　もっと力を抜け」

「あう～」

やはり獣人の耳は一度は触って確かめないと。

「あ、主様……何を……。くっ……ラパーナも嫌がっています。お手をお離し下さい」

「む？　嫌がっているか？」

「あう、あう～」

僕から見てもラパーナはとても嫌がっているようには見えない。

寧《むし》ろ普段なら見せないだろうとろけきった表情であうあうと唸《うな》っていた。

「嫌がっています！　み、見ればおわかりになるでしょう？　そんなに脱力して！　腰砕けになっているではありませんか！」

「だがなぁ、僕はまだ触っていたいんだ。駄目か、ラパーナ？」

「はうっ」

耳の先端をちょっと摘《つ》んでやると敏感に体を跳ねさせる。

なんだ、これでは普通の生活も大変だろうに、僕の撫で方の問題か？

さて、頭上にピンと生えた兎耳《うさぎ》もいいが、獣人には尻尾《しっぽ》もある。

これ服はどうなってるんだ？

紫のスカートの切れ目？　からチョコンと飛び出る丸くふさふさとした黒丸。

――――気になる。

「ああ、そこはっ⁉」

「主様‼」

「わかった、わかった。そう声を荒らげるな」

「ハァ、ハァ……主様、困ります」

ちょっとクリスティナには刺激が強過ぎたか？

動揺と怒りがない交ぜになった複雑な表情で僕をラパーナから強引《ごういん》に引き剝《は》がす。

む～、もう少し手触りを確かめたかったのに。

「御用をお聞きします！　何か申し付けることがあったから私たちをお呼びになったのでしょう？　お戯れは止《や》めて下さい！」

本題を話す前に警戒されてしまったようだ。

どうしても欲求に逆らえなかった結果だから後悔はないが、この後の話し合いには注意が必要だな。

それにしても、ずっと黙ったままのヒルデガルドが気になる。

彼女の奔放な性格なら確実にいまのやり取りの間にも何かリアクションを起こしていたはずだが、沈黙する理由はなんだ？

第七話　ヒルデガルドは本能に導かれる

ヒルデガルドはヴァニタスの住むルアンドール帝国南方の遠い異国に住居を構える、女性だけの集団レピテ族の戦士の娘だ。

当代でもっとも強く優秀、戦士としてしなやかな美しさを備えたエールガルドの娘。

レピテ族は常に魔物の脅威に晒《さら》されている。

毎夜の如《ごと》く襲撃してくる魔物を天然の岩山を入江状に加工した巨大な砦でもって迎撃する。

松明《たいまつ》の火は決して絶やされることなく、僅かな明かりを頼りに戦う彼女たちは生粋の戦士の集団だった。

ある日レピテ族は付近では見かけることのなかった強大な魔物と相対することになる。

その魔物は地形を物ともしない、いや土砂だろうと硬い岩石だろうと喰《く》らい尽くす貪欲な魔物だった。

岩山の砦を拠《よ》り所とするレピテ族にとってまさに天敵。

強く一族の憧《あこが》れの的であったエールガルドは魔物との争いの末亡くなった。

長く難攻不落だったレピテ族の砦が半壊し、戦士の半数が死傷する激しい戦い。

多くの戦士、とりわけ最強だったエールガルドを失ったレピテ族は失意のどん底に落とされた。

ヒルデガルドもまた母の死に人目も憚《はばか》らず涙した。

だが、不幸は続く。

奴隷商人は強く美しいレピテ族が守りを失ったことを知り、我が物とすべく動き出した。

生き残った戦士が何人も奴隷として捕らえられる。

その中の一人にヒルデガルドはいた。

破格の値段のつけられた若き戦士の娘ヒルデガルド。

彼女を買い付けたのはヴァニタス・リンドブルム。

レピテ族は強き者に憧れる。

弱き者は守るべき存在であり、その点主であるヴァニタスは弱かった。

力は元より魔力の扱いも稚拙なヴァニタスは、ヒルデガルドにとって弱き守るべき存在。

それもあってヴァニタスが理不尽な命令をしたとしても歯牙にもかけていなかった。

寧《むし》ろ年齢差もあり手のかかる反抗期の弟のような存在。

時々ムッとすることもあるが女性だけの一族にはいなかった男の子は庇護《ひご》の対象だった。

いまヒルデガルドはヴァニタスを前に困惑していた。

「強いけど弱い？　弱いけど強い？」

クリスティナの主《あるじ》への疑問と驚愕《きょうがく》も、撫《な》で回されたラパーナの狼狽《ろうばい》も彼女の視界には入っていなかった。

「戦う？　戦って確かめる！」

困惑は興味へと変わっていく。

何かを話そうとしたヴァニタスを遮《さえぎ》り、自らの本能に根ざした要求を伝える。

「ん？　模擬戦か……そうだな普段ヴァニタスは魔法の練習と称して君たちを的にしているんだったか……。うむ、僕《ヴァニタス》が変わったことを教えるためにも丁度いいかもしれない。いいだろう。模擬戦、やろうじゃないか」

「模擬戦する？　模擬戦する！」

無邪気に喜ぶ彼女は知らない。

レピテ族は強き者に本能的に憧れる。

より強い子孫を残し弱肉強食のこの世界を生き抜くために。

ヒルデガルドはヴァニタスの弱さの中にある未知なる強さを本能的に察していた。


「ここでいいだろう。さあ、ヒルデガルド、僕に向けて魔法を撃ってみてくれ」

「ホントに？　いいの？」

「構わない。模擬戦の前に少し試してみたいことがあってね」

僕たちはリンドブルム侯爵家の訓練場へと足を運んでいた。

うむ、思えば転生してから初めて外に出たな。

「主様！　危険過ぎます！　何故《なぜ》自分に向かって魔法を撃たせるのですか？　的ならいつも通り私がなります！」

クリスティナは律儀だな。

嫌いな主相手でも身の危険を感じれば、主のためを思って止めようとしてくれる。

約束を重んじる彼女は自らに課した主を守るという誓いを守っている。

だけど心配は無用だ。

「クリスティナ」

「は、はい！」

「切っ掛けはヒルデガルドの一言だが、これはいい機会なんだ。さっきも軽く伝えただろう？

僕は変わった。それを示すため模擬戦をするんだ。まあその前に彼女にはちょっとだけ僕の都合に付き合って貰《もら》おうと思っている訳だけど」

「……主様が変わった。先程の転生？　というものですか？　私にはあまり理解出来なかったのですが……」

うむ、やはり父上たちと違って簡単には信じてくれないな。

いままでのヴァニタスの所業を鑑《かんが》みれば信頼など皆無だろうから仕方ないんだが。

「ヒルデガルドの扱う魔法は『泥』だったな。多少の怪我《けが》は織り込み済みだ。遠慮することはない」

「主様っ！　あーもう、ヒルデ！　一番弱い魔法にしなさい！　いいですね！」

「う、でも」

「でもじゃない！」

「わかった、弱い魔法、撃つ」

弱い魔法か……そうだな、そこから始めるのが無難か。

「……来い、ヒルデガルド」

「主、行く！　――――マッドショット！」

ヒルデガルドの突き出した手の先の空間から泥の塊が勢いよく射出される。

それは魔力を操作し泥へと変化させた属性魔法。

僕が望んだこととはいえ、これが直撃すれば痛い思いをすることになるのは明白だった。

だが――――不思議と恐怖はない。

五指を広げ右手を前に伸ばす。

飛翔する泥の弾をその手で摑《つか》むように――――。

「っ!!」

「主様！　ああもう！　だから言ったんです！　危ないって！」

「ハハハハッ！　当たり前だ。ぶっつけ本番で成功する訳がない！」

ヒルデガルドの魔法が直撃し訓練場の隅にふっ飛ばされた僕は、地面に仰向《あおむ》けになりながら思わず笑っていた。

「主、様？」

その様子を奇怪に思ったのかクリスティナが不安げに声を発しているとわかる。

しかし、いまはどうでも良かった。

額にぶつかった泥の塊など何一つ痛みを感じなかった。

「変、いま、なに起きた？　主、なにした？」

よろよろと立ち上がった僕にヒルデガルドが訳がわからないといった表情をする。

彼女には先程の瞬間僕が何かを仕出かすと本能的にわかったのかもしれない。

「悪かったね。次は模擬戦形式で構わない。さあ、ヒルデガルド。――――やろうか」

「う、うん。模擬戦する」

「主様？　まだ続けるのですか？　ああ、可愛《かわい》らしいお顔が泥だらけに……。うぅ……怪我はしてませんよね？　ですよね？」

混乱するクリスティナをよそにこの日、僕はヒルデガルド相手に何度も挑み、その度に敗北することになる。

模擬戦は日が暮れる寸前まで延々と続き、やきもきしたクリスティナに強制的に止められるまで二人してムキになって繰り返していた。

何度吹き飛ばされ、地に伏したかわからない。

でも……。

「楽しいな、ヒルデガルド！」

「うん！　主、弱い！　でも、強くなる、楽しい！」

二人だけの時間は楽しかった。

模擬戦を通じてヒルデガルドの心と繋《つな》がれた気がした。

それが何よりも嬉《うれ》しかった。

「ご主人様もヒルデ姉も本当に楽しそう……」

「もう、私の心配を返して下さい。……二人だけで楽しむなんて……ズルい」

でも……それだけでは足りない。

僕は彼女にまだ見せていないものがある。

震える足で立つ。

……もう少し体力も鍛えないと駄目だな。

「ヒルデガルド、最後だ。僕のいま出来る取って置きを見せる。……付き合ってくれるかい？」

「うん！」

「主様！　ヒルデガルドも！　まだ続けるのですか⁉」

「最後の一回だ。……駄目か？」

「そ、そんな捨てられた子犬のような顔をしないで下さい！　……後一回だけですよ」

「ありがとう、クリスティナ」

目の前で元気一杯に僕を待ってくれているヒルデガルドと向き合う。

僕の勘違いでなければ彼女はこれから起こることに期待してくれていた。

「主……本気、戦う？」

「ああ、ヒルデガルド……全力で来てくれ。僕のいま出来るすべてを君に見せたいんだ」

「………うん」

「来い！　ヒルデガルド！」

「主！　――――泥螺弾《でいらだん》！」

開戦の合図は『泥』の魔法。

僕目掛けて一直線に飛翔する魔法は、模擬戦の前と同じ展開だが、今度は魔法自体が異なる。

威力も速度も明らかに一段上な螺旋《らせん》回転する泥の弾丸。

だが、これまでの模擬戦を通じて僕は見た。

そして確信していた。

五指を広げ握る。

「握《グラップ》――――」

「⁉」

集束した魔力を宿した手でそっと泥の弾丸へと触れた時、ヒルデガルドが驚愕に目を見開いたのがわかった。

「ウソ⁉」

「主様が……魔法を弾《はじ》いた⁉」

動揺は一瞬、僕は一気にヒルデガルドの懐《ふところ》へと距離を詰めるべく、震える脚で大地を駆ける。

全力で、彼女の芯《心》に届けと言わんばかりに。

「やあっ！」

空気を引き裂く鋭い回し蹴《げ》りを地面スレスレまで屈《かが》んで躱《かわ》す。

彼女は自分より遥《はる》かに姿勢を低くして向かってくる相手に、一瞬躊躇《ちゅうちょ》することを僕はこれまでの戦いで知っていた。

そして――――。

「ッ⁉　う、動け……ない……主……なに、コレ……」

僕がある魔法を接触時に行った途端、ヒルデガルドは完全に動きを止めた。

僕は動けない彼女を正面から見据え伝える。

「これが僕のいま出来る全力。掌握魔法で集束した大気中の魔力の利用法の一つ。でも……心

配することはないさ。僕はまだ未熟だ。その拘束も直《じき》に解《と》ける」

「これが……主の……全力……」

固まった体を必死に動かそうと藻掻《もが》くヒルデガルドと視線が合う。

彼女は僕を……僕だけを見ていた。

最後の一試合も終わり、すっかり立つ気力もなくなった僕を、暫《しば》しの拘束から立ち直ったヒルデガルドが抱き上げてくれる。

とと、これはやはりもうちょっと体力も鍛えないと駄目だな。

「主、スゴかった。でも……前と違う……違う、人？」

「ああ、僕《ヴァニタス》は僕だ。……君の前の主はもういない」

「少し、寂《さび》しい……？」

「そうか……ヒルデガルドはそう想《おも》ってくれるのか。代わりにお礼を言っておくよ。ありがとうヒルデガルド。……そして、これからよろしく」

「うん！　主、もっと強くなる！」

楽しい時間はあっという間に過ぎていく。

でも今日のこの日のことを僕は決して忘れないだろう。

ヒルデガルドはヴァニタスではなく、僕を見つけてくれたのだから。

ヒルデガルドは今日のこの日のことを忘れないだろう。

弱い主、守るべき主、手のかかる主が、少しずつでも強くなる主へと変わった。

転生の意味はわからずとも主に起きた多大なる変化を感じ取り、僅かな寂しさと同時に高揚感を覚えていた。

いつの日かこの主は自分を超える可能性があるかもしれない。

模擬戦を通じて知ったのは麒麟児《きりんじ》の胎動。

未知なる可能性への期待。

奴隷三人娘との交流から数日、場所は父上の執務室。

「君のことだ。心配はしていなかったけど、あの娘たちとも随分と打ち解けたようだね。熱心に模擬戦をしていると聞いている。屋敷のメイドたちも噂《うわさ》しているよ。……坊ちゃまは変わったと」

「それはいい意味でしょうか？」

「勿論《もちろん》いい意味だとも。以前までは暴言と暴力の嵐《あらし》で聞く耳も持たなかったのが、少しお尻《しり》を触られるくらいで丁寧に接してくれるようになったとね」

「特に好かれようとはしていないんですけどね」

「君はヴァニーとは違う。欲望のまま振る舞っても……悪意がない。自然体で何事にもぶつかっていく君には人を引き付ける何かがある。彼女らにもそれがわかるのさ。……まあこれはすべて私個人の推察だがね」

父上はうんうんと頷《うなず》いて答えてくれるけど、そういうものだろうか。

うーん、まあいいか、意識せずともメイドたちからの印象が良くなったのならそれに越したことはない。

「ところで母上はどうしたんですか？　今日も朝から見ていませんが？」

僕はここ数日の疑問だったことを父上に問う。

「というより最近調子でも悪いのですか？　ヴァニタス《僕》のことがあった直後ですから避けられるのも無理はないのですけど、朝はいつも私室にいるようですし、起きてくる時間帯も昼間を過ぎて夕方が多いと聞いています。メイドたちには詳細を尋ねても何故《なぜ》かはぐらかされるんですけど」

「ああ、ラヴィニアのことか。彼女とは最近は毎晩愛し合うようになってね。私が張り切るものだから体力を使い果たして起きられないんだよ。ハッハッハッハ！」

「んん？？？？？」

え……いまなんと？

「いや～、君に倣《なら》って私も少しばかり思うがままに生きてみようと思ってね。そうしたらどうだ。やはり私の妻は美しく可憐《かれん》だ。娘たちが生まれてからはそういったことは自然と無くなって久しかったのだが……つい昂《たかぶ》ってしまってね」

父上ってこんな人だったたっけ？

だが、一瞬軽薄に見えた父上は次の瞬間真剣な表情へと立ち直り僕へと向き合う。

「ヴァニーがいなくなったことはとても悲しい。だが、未来にも目を向けてみようとそう思ったんだ。それでも……ラヴィニアにはもう少し時間をくれ。彼女は囚《とら》われているんだ。気丈に振る舞っていても彼女はまだヴァニーを失った悲しみから抜け出せないでいる」

「そうですか……」

「何、君は気にする必要はない。彼女のことは私に任せてくれ。夫として、家族として、何より一人の男として。いままで頼りなかっただろうが、これからは……」

何処か遠くを見る父上の視線はここにはいない母上を想《おも》っていた。

はじめはどうかと思ったが父上はあくまで母上の気持ちを案じていただけだった。

深い悲しみを慰めるには時には激情も必要、か。

「……話は変わるがヴァニタスの要望していた魔法の講師、手配が済んだぞ」

「本当ですか⁉」

「実は別室に待機して貰《もら》っている。会うかい？」

「勿論です。何故そのようなことを？　待たせるなど失礼ではないですか」

「うむ、だが先方のご意思でね。自己紹介は出来るなら自分でしたいと。ならいま呼んで来て貰おう」

父上は部屋の隅に控えたメイドの一人に言付けすると、講師の先生を呼びに行かせる。

数分後、部屋の扉を叩《たた》くノックの音。

「御当主様、お客様をお連れしました」

「入ってくれ」

ドアを開けるメイドの後ろから現れたのは――。

「……僕？」

まるで鏡に映したかのように漆黒の瞳《ひとみ》をした白髪の少年がそこに立っていた。

第九話 美貌の講師アシュレー・ストレイフォール

「貴方は……」

鏡写しの僕は薄く微笑む。

容姿は変わらず、しかし、纏《まと》う雰囲気はどことなく柔らかかった。

何より……こんな敵意の一切《いっさい》ない表情を僕は浮かべない。

誰《だれ》だ？

「……先生、そろそろ」

「ええ、エルンスト君、わかっているわ」

父上を親しげに呼ぶもう一人の僕。

その姿がまるで蜃気楼《しんきろう》に覆《おお》われていた彼方の景色が晴れるかのように一変する。

次に現れたのは背格好も性別も僕とはまったく異なる妖艶な雰囲気の女性だった。

青白い肌、長身に腰まで伸びた薄く青い三編みの髪、妖しげに濡《ぬ》れる瞳《ひとみ》は赤、先端の折れ曲がった鍔《つば》の広い三角帽子を被《かぶ》り、手には何処からか取り出したのか金属製の長杖《つえ》を携えている。

肩から羽織ったゆったりとした外套《マント》も相まって、その女性は物腰の落ち着いた年若い魔女といった印象だった。

「……貴女が僕に《《変身》》していた？」

「ええ、そうよ。はじめまして。わたしはアシュレー・ストレイフォール。貴方の講師を頼まれた者よ」

「ヴァニタス、見て貰《もら》った通りアシュレー先生の先天属性の一つは『変身』なんだ」

変身、そんな属性の魔法があることは父上の書庫の本を読んで知っていた。

だが、これほど姿形を変えられる魔法だったとは記されていなかったな。

それにしても、記憶にある限りでは物語《ストーリー》の中で変身魔法の使い手なんて登場していなかったはずだが……僕がそこまで読んでいないだけか？

「アシュレー先生は帝国が戦乱に包まれていた時代から魔法総省で活躍していた御人でね。諜報《ちょうほう》活動や偵察任務を担う部隊を率いていたんだ。いまでこそ帝国は平和な時代が続いているが、先生がその一端を担っていたのは間違いない。『妖幻』アシュレー・ストレイフォール。魔法総省では知る人ぞ知る名の通った御方だ」

「ふふ、人から改めて紹介されるとちょっと恥ずかしいわね。でもいまは隠居生活を満喫中よ。魔法総省はもうとっくに引退しちゃったもの」

「ヴァニタスの希望は掌握魔法の習熟だろう？　だから来ていただいたんだ。魔法界でも名高い変身魔法の使い手に。それに、アシュレー先生はヴァニタスも通う帝都の魔法学園で一時期

臨時講師を務めていてね。その時からの知り合いなんだ」

「……もう二十年以上前かしら。あの頃のエルンスト君は臆病でいつもおどおどしているような生徒だったわね。勉強は出来るのに魔法はちょっぴり苦手。他の生徒の子たちにもいつもからかわれていたものね」

「お恥ずかしい話です。しかし、アシュレー先生はその時からまったくお変わりありませんね。何時《いつ》までもお若い姿のままです」

「そうかしら？　お世辞でも嬉《うれ》しいわ。でも、エルンスト君は前とはちょっと変わったみたい。この間久し振りに再会した時も思ったのだけど……そんなに堂々としていたかしら？」

昔を懐かしむように軽《かろ》やかに談笑する二人だが、それより遥《はる》かに気になることがあった。

「先程から気になっていたんですが……二十年以上前からの知り合い、なのですか？　本当に？　父上が学生の頃の話ですよね。どう見ても二十代後半から三十代前半にしか見えませんが……」

「あら、これは御礼を言った方がいいのかしら。ふふ、ありがとう、ヴァニタス君。嬉しいわ」

口元を手で押さえ上品に微笑むアシュレー先生。

その至って自然体の姿はとても容姿と年齢が釣り合っていないようには窺《うかが》えない。

うむ、父上の証言を信じるとなると相当前から容姿が変わっていないことになる。

となると……もしかしてエルフか？

この世界には人間とは異なる複数の種族が存在する。

ラパーナの獣人もそうだが、エルフは人間より遥かに長い寿命を有する存在であり、彼らはその生の大部分を若い姿のまま過ごすのだという。

しかし、エルフなら先端の尖《とが》った長い耳が特徴のはずだが……至って普通の耳だな。

「アシュレー先生、貴女は……エルフ、なのですか？」

「エルフか、魔法学園時代も噂《うわさ》になっていましたね。明らかに年上のはずの教員も先生には敬語で話していましたし、生徒たちは皆、先生が私たちの想像以上に年上なんじゃないかと疑っていましたよ」

「ふふ、そうね。エルンスト君よりはずーっと年上かしら。でもこれ以上は教えてあげられないわ。ひ・み・つ」

僕と父上の疑問の眼差《まなざ》しに、細く長い指を唇へと当てて誤魔化《ごまか》すアシュレー先生。

……仕草から言動までとても父上より遥か年上には見えないな。

そんなアシュレー先生は僕へと向き直ると途端に不安に眉《まゆ》をひそめ尋ねる。

「それで……どうかしら？　ヴァニタス君、わたしはあなたのお眼鏡《めがね》に適《かな》った？　あなたの講師としてわたしは相応《ふさわ》しいかしら？」

帝国動乱の時代に活躍してきた変身魔法の使い手か……興味は惹《ひ》かれるな。

「まずはじめに、ヴァニタス君、あなたには謝らないといけないわね」

アシュレー先生は訓練場に場所を移すやいなや、僕に『ごめんなさい』と深く頭を下げた。

「何故《なぜ》です？」

「あなたを試すようなことをしてしまったわ。本当にごめんなさい」

「……そんなことで、ですか？　僕は別に気にしていませんが……」

「実は……エルンスト君から聞いていたの。あなたは帝都の魔法学園でも持て余すくらいの有名な……悪い子だって」

「そうですね。その評価は間違っていません。いまでも僕は悪辣な子供のままだ」

アシュレー先生は言葉を濁していたが当然の評価だ。

ヴァニタス《前の僕》はリンドブルム領でも、ここから遠く離れた帝都でも、悪行の限りを尽くしていた。

欲望のままに振る舞い他者を虐げてきた。

亡き弟のことが切っ掛けだろうとそれは許されざること。

それに、僕はこれからも思うがまま生きると父上たちの前で宣言した。

この言葉に偽りがない以上ヴァニタスと僕は所詮同じ穴の狢《むじな》に過ぎない。

「エルンスト君は話してくれたわ。貴方がこれまでどれだけ嫌われて、疎まれて、避けられてきたかを、全部包み隠さず」

「…………」

「でも、勘違いしないで欲しいの。エルンスト君はわたしにそれらを知ったうえでどうしても講師になって欲しいと頼んだ。息子の力になってあげて欲しいって。もう学生時代の頃とは違う、侯爵家当主という責任ある立場にもかかわらず、わざわざわたしのところにまで足を運んでまで頭を下げた。あなたのために」

「父上……」

そこまで熱心に僕の講師探しをしてくれていたのか。

「本当に……エルンスト君はわたしを呼ぶ意味を知っていたのにそれでも……」

「どういうことです？」

僕の問い掛けにアシュレー先生は気まずそうに目を伏せつつも続きを話す。

「……そうね。何処から話したらいいかしら。そう、変身魔法の使い手は他の人からあまりいい印象を抱かれていない話は知っているかしら」

「む、それは……」

変身魔法、僕の知識では髪の色を変えたり、鼻の高さを変えたり微細な変化を齎《もたら》す魔法だった。

一応動物や魔物、無機物にも姿を変えられるが、よほど修練を積まない限りは大きな変化は出来ない魔法。

しかし、アシュレー先生の魔法を実際にこの目で見たいまでは……。

「……簡単に別人へと成り代わり行動出来てしまうから、ですね」

「そう、容易に悪用出来てしまう魔法だからこそ、変身魔法は他の人たちから嫌厭《けんえん》されているの。……当然ね。犯罪に使える魔法だもの」

父上の話ではアシュレー先生は魔法総省で部隊を率いていたと聞いた。

諜報《ちょうほう》や偵察を行うには非常に有用な魔法のはずだが、引退したいまとなっては周囲からの風当たりは強いか。

「勿論《もちろん》、魔法で姿形を変える以上そこには見破る方法も存在するわ。街の出入り口や関所、重要な拠点なんかには魔法による偽装を施した者を見破るために、それ専用の魔法を習得した人員が配置されているもの。でも……それはわたし自身が嫌われない理由にはならない」

「…………」

「わたしが変身魔法の使い手だというのは少し調べればわかってしまうことだわ。それでもエルンスト君はわたしを領地へと招いた。周辺の貴族たちから痛くもない腹を探られるかもしれないリスクを承知した上で」

講師探しといい僕のためにそこまで……父上には改めて感謝しないとな。

「……それにね。わたしは皇帝陛下から護衛をつけていただいている身なの」

「護衛、ですか？　……見当たらないようですが……」

比較的見晴らしのいい訓練場だが、ぐるりと見渡してもアシュレー先生の言うような護衛は見つからない。

「ええ、この場にはいないけど常にわたしの動向を見て陰ながら守ってくれているわ」

……アシュレー先生は護衛というが、言うなればこれは半ば監視といっていいだろうな。

変身魔法、あれは……危険だ。

「引退したとはいえ帝国の害になりかねない要素は野放しに出来ない、そういうことですか……」

「でも仕方のないことだわ。変身魔法の使い手を怖がる気持ちもわかるもの。それに護衛の件は私自身も了承していることよ。わたしを守ってくれているあの娘たちには心苦しいけど、お陰で安全に暮らせている一面もあるもの」

アシュレー先生の話では専属の護衛部隊が控えていることで、余計なトラブルや軋轢《あつれき》を避けられる場合もあるらしい。

護衛という名の監視。

だが、ある意味で容易に他人に成り代われるアシュレー先生の潔白を証明するものでもあるのか……。

となると、皇帝陛下は純粋にアシュレー先生の身を案じて護衛をつけたということか？

すでに現役《げんえき》を退いた相手にまで一つの部隊をつけるとは随分と配慮するんだな。

……当然か、下手をすれば他国に流出する可能性もあるし、何よりあの精度で変身出来る魔法使いを敵に回したくはない。

「……それで、どうですか？　実際に僕に会って見たら幻滅しましたか？　父上から聞いたならわかるでしょうが、僕は自分のためなら他人を傷つけることも厭わない悪い子ですよ？」

「ううん」

「？」

予想に反してアシュレー先生の反応は早かった。

僕の問いに迷いなく首を横に振る先生は、一歩前に踏み出すと僕の瞳《ひとみ》を覗《のぞ》き込むように屈《かが》む。

濡《ぬ》れるような赤の瞳は確信に満ちていた。

「戦場を経験した者ならわかるわ。あなたの瞳はとても澄んでいる」

「そんなこと……」

「だって、あなたに他者を傷つける悪意なんて見えないもの」

「それは……幻想かも知れないですよ。僕が己《おのれ》の欲望を偽装しているだけかもしれない」

「悪びれないで。あなたが無闇《むやみ》に他人を傷つける人にはわたしには見えない」

「む……」

……どうにも遣《や》りづらいな。

だが、アシュレー先生が他人から聞いた噂《うわさ》だけで判断するのではなく、人の内面を慮《おもんぱか》ろうとする優しい人なのは理解出来た。

卓越した魔法使いというのもあるのだろうが、だからこそ父上は先生を僕の講師に選んだのかもしれないな。

「……ヴァニタス君こそどうなの？　変身魔法が嫌われていると知って、それでもあなたはわたしを講師と認めてくれる？」

それは最初に出会った時と同じ不安げな表情。

だが、答えは決まっている。

「はい、断る理由などありません。寧《むし》ろ僕の方からお願いします。僕はもっと魔法について学びたい。アシュレー先生ならきっと僕にもっと広い世界を見せてくれる。そうですよね？」

「ふふ、わかったわ。なら見せてあげる。わたしがこれまで培ってきたすべてを。きっとあなたの役に立てるはずだわ。………………ありがとう、ヴァニタス君」

優しく微笑むアシュレー先生の笑顔は、降《ふ》り注《そそ》ぐ日光も相まって、より一層輝いているようだった。

「じゃあ早速講義を。と言いたいところだけど。その前に少し聞いてもいいかしら？　……本当にあなたはあの魔法を使えるの？」

半信半疑といった様子で尋ねてくるアシュレー先生。

やはり気になるのはこの魔法か。

「掌握魔法ですか？　……そんなに疑問です？」

「ええ、勿論よ。エルンスト君から聞いた時は耳を疑ったもの。掌握魔法はいままで誰《だれ》一人習得出来なかった誰もが挑戦し諦《あきら》めてきた魔法。物語の中だけで語られるものだもの。かつて大陸を恐怖の渦に陥《おとしい》れたとされる混沌と暴夜の王《デモゴルゴン》を殺した魔法使い、ヴァニタス・アーミタイルだけが唯一習得していたとされる伝説の魔法。それを使えるだなんてとても信じられないわ」

うむ、そこまで詳しいことは知らなかったが世間ではそんな評価か。

というか混沌と暴夜の王《デモゴルゴン》ってなんだ⁉

魔物は存在するのは知っていたが、そんな物騒そうなものまでいるのか。

僕も知らない事実に驚きつつも早速実演となった訳だが――――。

「これが掌握魔法です。といってもこれは基礎中の基礎ですが」

「濃密な魔力が一つに……こんなことが……」

僕の右手に集束した魔力を食い入るように見詰めるアシュレー先生。

そんなに穴が開くほど見られてもな。

「恐らくですがこの魔法を習得出来るのは僕だけじゃない。アシュレー先生も訓練すれば使えるようになるのでは?」

「え?」

そこからは時間が過ぎるのが早かった。

「ねぇ、これで合ってるかしら」

「いえ、それでは駄目です。もっと大気中の魔力自体を捉《とら》えないと」

「でも、魔力操作はどうしているの?　魔力は自分から離れれば離れるほど制御するのは難しくなるわ」

「ああ、それは――」

「なるほど、ではこうしたらどうかしら――」

アシュレー先生と二人、ただ魔法の世界へと浸る。

アレコレと模索することが楽しくて仕方なかった。

それから数時間ぶっ続けでアシュレー先生との魔法研究は続いた。

先生は魔法学園で一時期講師を務めていただけあり、やはり教えるのが上手《うま》い。

それに、魔法に重要な魔力操作からイメージ力の養い方、本だけでは学べない知識など、魔法への深い理解が前提にある講義は僕の考え方とも合っていた。

そんな中、ふと今日の天気でも思い出したかのように先生は提案する。

「じゃあ次は実戦ね」

「え？」

「これからわたしはある魔物に変身するわ。それをあなたは魔力操作と掌握魔法を駆使していなしてちょうだい。制限時間は……う〜ん、十分でいいかしら。あ、もし何だったら倒しちゃってもいいわよ」

訓練場の中央へと優雅に足を運ぶアシュレー先生。

僕が突然の事態に若干呆気《あっけ》に取られている間も着々と準備は進む。

「それでね。先に伝えておくけど、魔物に変身すると声帯が変わってしまうから、わたしから話し掛けることは出来ないの。だから、もし訓練を止《や》めたい時は手を上げて降参と宣言してね。

でないと――――凍らせてしまうから」

「!?」

それは正しく殺気に近い迫力だった。

息を呑《の》む。

……これが戦乱の時代を生き抜いてきた魔法使い、『妖幻』アシュレー・ストレイフォールの実力。

彼女は唱える――――高らかに、歌うように。

「――――魔獣変身［ホワイトスノーティグリス］」

美貌の魔女アシュレー・ストレイフォールが姿を変える。

魔女帽子を被《かぶ》った長身の女性は、白と黒の鮮やかな縞《しま》模様で彩《いろど》られた四足歩行の獣へ。

蒼白《そうはく》の虎――――陽光を反射する青白い毛並みは滑らかで美しく、四肢は見るからに強靭《きょうじん》であり、ただその場にいるだけなのに冷や汗が止まらない。

「これが変身魔法の本領……」

姿形も骨格もまったく異なる、それどころか生態すら違う別の生物への変身。

アシュレー先生が人に変身するより魔物に変身する方が得意だとは講義の間に聞いていた。

しかし、これほど強力な魔物に変身出来るなんて……。

「ガアッ!!」

「くっ⁉」

耳をつんざく咆哮《ほうこう》がすぐ脇《わき》を通り過ぎていく。

「……凍り、ついた？」

後ろを振り返れば訓練場端に生えていた大木が一瞬にして氷漬けとなっていた。

それだけではない。

蒼白の虎の立つ周りの地面はいつの間にか厚い氷が張り巡らされ、身に纏《まと》うかのように雪片が渦巻いていた。

ふと、思い出す。

あれは父上の執務室から訓練場へと場所を移す際、アシュレー先生を案内する直前。

扉の前で父上に呼び止められた一言。

『ヴァニタス、アシュレー先生の講義は厳しいだろうが……死ぬなよ』

いまになって脳裏に浮かぶ。

「…………このことだったのか」

冷や汗すら凍るような冷気に、吐き出す息は徐々に白み、体温は瞬く間に低下していく。

立っているだけで息苦しいほどの圧倒的な威圧感。

「グルルルッ……」

「ッ⁉」

マズいっ！

咄嗟《とっさ》に横っ飛びに避《よ》ける。

「ガァッ‼」

「ぐっ……なんだいまのは、予測して動いたのに早過ぎる」

瞬時に襲いかかってくる獣を地面に転がることで辛《かろ》うじて躱《かわ》すが、それでも鋭い爪《つめ》に二の腕を軽く引き裂かれた。

滴るはずの血ですら凍りつく極寒の冷気。

何より、いまの動きは本気になったヒルデガルドよりも――――早い。

だが、再度の攻撃に身構える僕を前に、蒼白の虎はグニャリと姿を変える。

「？　……どうしたんですか？」

圧迫するような威圧感はいつの間にか無くなっていた。

代わりに佇《たたず》むのは少し落ち込んだ様子のアシュレー先生の姿。

「……やっぱり、やめておく？」

「何故《なぜ》です？　これからという時に」

本気で疑問だった。

ここから本番が始まるはずだった。

それなのに先生の方から変身を解いてしまうなんて。

「……わたしから始めたことだけど、やっぱりまだ実戦形式の講義は早かったみたい。わたし、つい……。ごめんなさい、あなたがあまりにも魔法技術の吸収が早かったから」

「いえ、続けて下さい」

「でも……」

「お願いします」

「……強い意思を宿した瞳《ひとみ》。いまのを見てどうしてあなたは怯《ひる》まないの？　どうして……」

「僕は……力が欲しい」

「力……」

揺れるアシュレー先生の瞳を真《ま》っ直《す》ぐに見詰める。

覚悟なら決まっていた。

「僕には大切なものがある。それを守るためにはどうしても力が必要なんです。強くなければならないんです。だから続けて下さい」

「…………大切な……そう、わかったわ。あなたにとってどうしても譲れないことなのね。……でも自暴自棄は駄目よ。ヴァニタス君、あなたには待っていてくれる子たちがいるのだから」

アシュレー先生の視線の先には、この実戦形式の講義を見守っていてくれたクリスティナたちが揃《そろ》っていた。

「主様《あるじ》……」

「主、頑張る！」

「…………」

彼女たちは僕の身を案じ祈ってくれている。

ああ、そうだ、だからこそ僕は――――。

「はい」

「じゃあ……いくわね」

僕はひたすらに魔力を操作し研鑽《けんさん》する。

恐ろしくも美しい魔物へと変身したアシュレー先生の動きに必死に食らいつく。

血と汗に濡《ぬ》れ、泥を被っても、それがいますべきことだと確信していた。

Episode 12
第十二話
温かい湯に想いは溶ける

「ふぅ……温まるな」

　全身を包む湯の心地よさに思わず小さく吐息が漏《も》れる。

　ここはリンドブルム家の屋敷に隣接するように建てられた大浴場。

　周囲から高い壁にて隔離された建物で、この浴場の特徴は何と言っても風呂《ふろ》場全体が半露天の構造になっているところだろう。

　浴槽の半分近くを覆《おお》うようにして石柱にて支えられた屋根が迫り出しており、強い日差しや雨風を防ぎつつも、柔らかい光が差し込む開放的な空間を演出している。

　この大浴場の存在を知ったというか思い出したのはつい最近だった。

　というのもヴァニタス《前の僕》は風呂は嫌いだったらしく、ここの存在自体に興味がなかったようで記憶すら曖昧だった。

　しかし、せっかく貸し切りにも出来る混浴の風呂だというのに、こんな大浴場をほったらかしにするとはなんと勿体《もったい》ない。

「む、来たか」

「お風呂！　広い！　泳ぐ！」

「ま、待ってよ、ヒルデ姉」

「駄目ですよ、ヒルデ！　あまり暴《あば》れるとっ！　ああ、せっかく湯浴《ゆあ》み着を着たのにっ！」

「クリスティナ、泳ぐ！　一緒！」

「もうっ、腕を引っ張らないで」

華やかな話し声と共に脱衣所から現れたのは姦《かしま》しい三人娘。

広い浴槽にはしゃぐヒルデガルドに引っ張られるようにクリスティナが現れ、その後ろをオドオドと視線を気にしながらラパーナがついていく。

そんな三人が身に纏《まと》っているのは薄い衣のような湯浴み着だった。

体のラインすらはっきり浮かび上がってしまうような衣だが、これこそ普段は身持ちの固いクリスティナが混浴を許してくれた理由でもあった。

と、そんなクリスティナだったのだが……。

「ううう……まさかこんなにも薄いだなんて。これでは主様《あるじ》に………見られてしまう……」

まだ湯に入ってすらいないのに顔を真《ま》っ赤《か》に染め、もじもじと自らの体を隠すように恥ずかしがるクリスティナ。

どうやら湯浴み着を着るからと混浴を許可したものの、いざ着てみればその湯浴み着自体が彼女の想定より遥《はる》かに薄く、いまにも開《はだ》けてしまいそうなのが大いに不服らしい。

あわあわと慌てるクリスティナはヴァニタスの記憶にも前の僕《・・》なかったので新鮮だった。

「あ、主様《あるじ》……⁉」

「クリスティナ、いい湯だぞ。一緒に入らないか？」

「いえ、あの一緒には……ま、まだ……は、早いかと……」

「クリスティナ、こっち！　泳ぐ！」

「す、すみません！　ヒルデは近くで見ていないと危なっかしいので！　で、では……」

うむ、逃げられたか。

しかし、僕たちが入っていてもまだ広々とした空間の余っている浴場となると、ヒルデガルドが泳ぎたくなる気持ちもわかるな。

見ればクリスティナを呼び寄せたヒルデガルドは、彼女を強引《ごういん》に湯の中に引き込むと盛大に湯をかけていた。

「ッ⁉　コレ透けて……⁉」

「クリスティナ！　もっとかける！　楽しい！　ラパーナも！」

「え……わたし……も？」

「す、透けるなんて聞いてません！　ああ、もうなんでこんなことに⁉」

とはいえ見た目ほど透けてはいない。

しかし、湯に浸かった湯浴み着は、確かに肌に吸い付きその下まで見透かせてしまいそうなほど危うかった。

ますます慌てるクリスティナ、それが面白《おもしろ》かったのかさらに湯をかけようとするヒルデガルド、浴槽の端で気配を消していたラパーナも巻き込んで、彼女たちは大浴場を満喫していた。

そんな気の置けない関係の三人娘を遠目に眺めながら、心地よい湯の温かさに微睡《まどろ》んでいると、ふと気配が近づいてくるのを感じる。

「ふふ、楽しい光景ね。こんなこと何年振りかしら」

「アシュレー先生」

「隣、お邪魔するわね」

湯煙の向こうから現れたのは、クリスティナたちと同じく薄い湯浴み着姿のアシュレー先生だった。

三編みの髪は頭頂部で結び直され、湯に入るのに邪魔にならないよう纏められている。普段は隠れている細いうなじも露《あら》わになったことで、一層妖艶さに磨きがかかっていた。

先生は湯にそっと爪先をつけると、熱い吐息を漏らし僕の隣へと移動する。

「三人共本当の姉妹のようね……」

「そうですね。彼女たちは経緯は違えど同じ境遇でもありますから、そうせざる得なかった面もあるのでしょう」

自由奔放なヒルデガルドが無邪気に遊び、真面目《まじめ》で堅物なクリスティナが注意する。

ラパーナは二人を後ろから見守る役目だ。

そっと二人のやり取りを遠巻きに眺める。

ただラパーナは今回混浴に同意してくれたのもただ単に流れに身を任せただけだろうし、まだクリスティナたちほど僕への警戒心を解いていない。

彼女はヴァニタス《前の僕》にされたことを忘れていない。

その証拠にラパーナはここに来てから一度も僕と視線を合わせていなかった。

「ねぇ、ヴァニタス君はどの娘が一番なの？」

「え？」

「ふふ、ちょっと意地悪だったかしら。貴族だものね。一夫多妻なご家庭も多いから。ごめんなさい、いまのは忘れて」

誰《だれ》が一番か……順番なんて考えたことはなかったな。

「皆僕には大切な存在ですよ」

「…………ねぇ、それってわたしも？」

「ええ、勿論《もちろん》です」

「もうっ、そこで即答しないで！　どんな反応すればいいのか……わからないわ」

まったく自分から聞いてきたというのに、アシュレー先生にも困ったものだ。

「でも……ありがとう、わたしもヴァニタス君のこと、大切よ」

先生は真白い肌を桜色に染めながら照れたようにそっぽを向いて答えた。

でも、あまりにか細く小さい声だったせいか残念ながら僕の耳では聞き取れなかった。

「もう、絶対聞こえてるくせに……」


はしゃぎ過ぎたのかヒルデガルドが湯あたりを起こし、介抱のためにアシュレー先生とラパーナは浴場から立ち去っていった。

後に残されたのは僕とクリスティナの二人きり。

石造りの浴槽から立ち昇る湯気が薄靄《うすもや》となる中、僕はいまだ湯浴み着の透け具合に恥ずかしがるクリスティナへとある提案をする。

「クリスティナ、良かったら背中を流してくれないか？」

「⁉　それ、は…………『命令』、ですか？」

「いや、違うさ。そもそも僕にそんなことが出来ないのはクリスティナ、君が一番良く知っているだろう？」

「…………はい、では失礼します」

背を向ける僕に、湯浴み着姿のクリスティナが石鹸《せっけん》で泡立てたタオルを押し当ててくれる。

実は風呂に入る前に一度体は洗っていたのだが、今回はクリスティナに洗って欲しかったからな。

うん、仕方ない。

ヒルデガルドたちがいた時に比べれば噓《うそ》のように静かな空間に、タオルの擦《こす》れる音だけが聞こえていた。

やがて、沈黙に耐え切れないとばかりにクリスティナがポツリと切り出す。

「……一つ、聞いてもよろしいでしょうか？」

「何だ」

「主様は……何故《なぜ》あれほど努力出来るのですか？」

「努力？」

いまいち意味がわからなかった。

努力か、何かしていたっけ？

「アシュレー先生との実戦形式の講義のことです。……この間も片腕が凍りついてまで訓練を続けていました。その前は頭に大きな裂傷が。血が一向に止まらなかった。何故主様はあそこまで……」

あれか、アシュレー先生が少し張り切り過ぎた結果、ちょっと大きく負傷してしまった件。

あの時のクリスティナの慌てようは目も当てられなかったな。

まるで天地がひっくり返ったかのように大声をあげて僕の身を案じてくれていた。

「努力か……だが、必要だからやっているに過ぎないんだがな」

「ですが！　一歩間違えれば、死の危険すらありました！　……勿論アシュレー先生のことは信頼しています。しかしっ！　あれでは何時何時《いつなんどき》主様が大怪我《けが》を負ってしてしまうことかっ！」

「なんだ。それが聞きたくて僕との混浴を許してくれたのか」

「そ、それは……はい、主様の真意がわからなくて」

背中から感じるクリスティナの気配は少し小さくなっていた。

「クリスティナ、この世界は厳しいな」

「何を……」

「この世界には魔法がある。魔物がいて、盗賊や殺人者だっている。人は常に死の恐怖にさらされているんだ。それは僕も同じ。ヴァニタスが底なし沼に落ちたように、僕《前の僕》だっていつ命を落としてもおかしくない」

「…………」

「僕には大切なものがある」

「それは……？　アシュレー先生との訓練の時にもおっしゃっていましたよね？　一体……」

「君だ。クリスティナ」

「ッ⁉　な、な……何を……⁉　お戯れは、止《や》めて下さい……」

「正確には君とヒルデガルド、ラパーナ。それとアシュレー先生もだな。皆僕にとって等しく大切な存在だ」

「…………」

「だから僕は力が欲しい。大切なものを守れる力を。奪われないための力を」

「主、様……」

「そのためなら僕はどんな代償でも払ってみせる。クリスティナ」

「……はい」

「僕は君たちを守るためならいくらでも力を振り絞れる。いくらでも、そう君の言う努力だって出来る。必要だから」

「主様は……でも、それでも、私は……」

クリスティナはそれ以上言葉を発しなかった。

背に熱い湯を流し泡を落とすと、礼をして去っていく。

一人取り残された僕は、ただただ静かな空間に響く湯の流れる音を聞いていた。

Episode 13

第十三話　エルンスト・リンドブルムの豹変《ひょうへん》

時は少し遡る。

エルンスト・リンドブルムはアシュレー・ストレイフォールを領地に招く際、近隣の領主に向け緊急招集を行った。

これはアシュレーを取り巻く特殊な事情のためでもあったが、他家の当主を牽制《けんせい》するためでもあった。

変身魔法の使い手に良い印象を持つ者は少ない。

特に貴族はその傾向が顕著だ。

これは変身魔法が使い手こそ少ないものの簡単に悪用することが可能なのが一因している。

他人に変身し成り代われる変装より遥《はる》かに判別しにくい魔法は、使い手次第だが悪事に活用されることの方が多い。

勿論《もちろん》帝国は変身魔法の判別方法を確立している。

情報系統とも呼ばれる属性による判別は、未熟な使い手ほど簡単に看破出来る。

しかし、自らの権力に重きを置く貴族が変身魔法を好まないことは変わらない。

そのためアシュレーのような卓越した使い手ともなれば、偏見の目で見られることも容易にあり得た。

エルンストは当主間に存在する緊急の連絡網を通じて周辺領地の当主に招集をかけた。

中には都合により出席出来ない者やエルンストの指定した時間に間に合わないため辞退した者もいたが、滅多にかかることのない侯爵家当主の招集に、貴族たちは僅《わず》かに不穏なものを感じながらも、エルンストの性格を知っているためか、概《おおむ》ね足取り軽く招集に応じることとなる。

そう、長年気弱な領主として舐《な》められ続けたエルンストを周辺領地の貴族たちは見下していた。

「アシュレー・ストレイフォール？　誰《だれ》だそれは。下らん用事で呼びつけおって。ワシは忙しいのだぞ！　何様のつもりだ！」

「確か、噂では変身魔法の使い手でしかも何やら曰くつきだとか。……困りますねぇ。変身魔法など悪用する者が絶えない野蛮な魔法でしょう。習得している時点で要警戒対象ですよ。しかし、わざわざ領地に招いただけで私たちを集めるなどと。話がそれだけなら私は帰らせていただきますよ」

「まあ待て。せっかくエルンストが我々を呼び出したのだ。なにか手土産でもあるのだろう？　なにせ侯爵家七家で最も古い家柄だぞ。さぞ我々を驚かせてくれるお宝でもくれるに違いない」

エルンストは舐められている。

それを差し引いても貴族たちの態度は酷《ひど》かった。

爵位という目に見える権力差があるのに楯突《たてつ》こうとする失礼な態度。

これが他の侯爵家相手なら無礼だとして首を刎《は》ねられていてもおかしくない。

当然彼らもエルンストだからこそこんな態度を取れる訳だが……今日この日においては間違った対応をした。

「囀《さえず》るな。貴様らに贈る土産などない」

エルンストの発した第一声は貴族たちの集まる議場《ぎじょう》を凍りつかせた。

「ど、どうした、エルンスト。きょ、今日はえらく張り切ってるじゃないか。……何か気に障ったか？」

エルンストの何時《いつ》にない険しい態度に、先程まで調子に乗って騒いでいた貴族たちが一斉に取り乱す。

そんな中、この議場唯一の女性当主が声をあげた。

「……エルンスト卿《きょう》、アシュレー先生のことは私《わたくし》も存じております。しかし、今回の招集はどのような目的で？　慎重なエルンスト卿のことですから何か理由あってのことだと思いますが、私《わたくし》たちは皆詳しい事情も知らされずにここに集められました。……改めて理由を伺っても？」

リンドブルム侯爵家の領地より北方に位置するアーグマイアー領を治める女伯爵、セレスレミア・アーグマイアー。

聡明な彼女だが、エルンストの意図を読み切れず理由を尋ねる。

「息子《ヴァニタス》のためだ」

理由は端的だった。

しかし、理解するには少々の時間を要した。

暫《しばら》くの後《のち》、皆は口々に件の息子《ヴァニタス》について話し始める。

「んん、息子ぉ？」

「確かエルンスト殿のところは……」

「ああ、あの悪行三昧の乱暴者か！　ヴァニタス・リンドブルム！　我が領地でも帝都の魔法学園でも悪評しか聞かない少年！」

「三人の奴隷の娘たちを魔法学園に連れていったという彼ですか……」

堰《せき》を切ったように飛び出すのはヴァニタスを悪し様《あざま》に語る口汚く罵る声。

だがそれはヴァニタス・リンドブルムに対する正当な評価でもある。

彼が領民含め自らの奴隷相手に理不尽な暴力を振るっていたことは周知の事実だからだ。

罵る声は止《や》まない。

しかし、この議場にいる一部の者、その他多くの貴族はすでに感じ取っていた。

今日のエルンスト・リンドブルムは何処かおかしいと。

「言いたいことは終わったか?」

「は……?　は、はい」

「いや、その……」

「本題に入ろう。────いい加減鬱陶《うっとう》しくてな」

「────は?」

　鬱陶しい。

　たった一言だが、エルンストの口から出るにしてはあまりに物騒な言葉に、ヴァニタスを悪し様に罵っていた貴族たちが硬直する。

「アーグマイアー、私に理由を問うたな」

「……はい」

「私は息子のために講師を呼んだ。だが、アシュレー先生、いや変身魔法の使い手に諸君らがあまり良い印象を抱いていないことは知っている。……だから予《あらかじ》め伝えておこうと思ってな」

　エルンストは貴族たちを見渡すと静かに宣告する。

「手を出すな。私と息子の客人に何人も失礼な態度を取るな」

「!?」

「それといままでは見過ごしてやったが、この中に我が領地を監視させている貴族が何人かいるのを私は知っている。いい加減引き揚げさせろ。目障りだ」

エルンストは怯《おび》える貴族たちの何人かに視線を向ける。

冷え切った寒々とした視線に震え上がる彼らだが、エルンストの追撃は終わらない。

彼は先程までエルンストを見下しヴァニタス《彼の息子》すらも悪し様に罵っていた中でも、特に声を張り上げていた三人の貴族たちをその冷酷なる瞳《ひとみ》で捉《とら》える。

「ところで貴様たち、いままでは見過ごしてやったが数々の私への無礼な発言。それがどんな意味を持つのか憶えているか？」

「いや……それは、我らとて……」

「私は貴様たちを問答無用で処罰しても許される立場にあるんだぞ。それに、ここには奇《く》しくも多くの貴族が集まっている。貴様たち三人と私、どちらが間違っているか判定して貰《もら》うか？　私は構わんぞ」

「ぐ……ぐ、ぐ…………申し訳、ありませんでした」

「お、お許しを……」

「何故《なぜ》、こんなことに……」

セレスレミアはエルンストが調子に乗った三人の貴族をやり込める光景を見て戦慄《せんりつ》していた。

（あの三人以外にも多く貴族がエルンスト卿を罵り蔑《さげす》んでいた。だが彼はいまのいままで一つも反論することはなかった。ご子息のこともそう。自らの子供の悪評も甘んじて受け入れていた。寧《むし》ろ侯爵家でありながら頭を下げて謝罪することもあった。……しかし、いまはどう

だ）

長い間罵られ蔑まれても反論してこなかったエルンストが遂に牙《きば》を剝《む》いた。

（いままで切ってこなかった爵位を楯に立場の違いを思い出させた。ここにはエルンスト卿に集められた多くの貴族がいる。彼らはもうエルンスト卿を軽々に扱うことは出来ない。目の前でこんな光景を見せられたら逆らえる訳がない）

エルンストの豹変に他の貴族たちは完全に萎縮していた。

（叱責された彼らは、今後温厚なエルンスト卿を怒らせた貴族として隣接する領地から距離を取られることは間違いない。それに、貴族たちがこの話を持ち帰り自分の領地で噂すれば、彼らの領地の発展は今後見込めなくなる。商人は権力者から目をつけられた土地になど寄り付きはしないのだから）

エルンストが手を下す必要すらなかった。

この場で叱責された時点で彼ら三人は貴族として終わっていた。

「い、いままでのことは謝罪いたします。ど、どうかお赦《ゆる》しを……」

「私たちが間違っておりました。爵位を軽んじて大変失礼なことを……申し訳、ございません」

哀れにも許しを懇願《こんがん》する彼らをエルンストは一瞥《いちべつ》もしなかった。

それがまたこの光景を見ていた貴族たちを恐怖させる。

あそこで跪《ひざまず》き頭《こうべ》を垂れていたのは自分だったかもしれないと。

こうしてエルンストはアシュレーを取り巻く余計な妨害を封じ、さらには今後領地を監視しようと間者を送り込む輩《やから》を牽制した。

恐ろしいのは彼がこの一連の出来事をたった数日で行ったことだ。

気弱だったエルンストは最早別人のように変貌し、果断な決断力と実行力を兼ね備えていた。

そうして、エルンストの劇的な変化は遂に領地の外へと知られることになった。

世界は怪物《エルンスト》の存在を知った。

だが、エルンストを変えた人物、もう一人の怪物《ヴァニタス》に辿《たど》り着けるかはまだ誰《だれ》も知らない。

Episode 14
第十四話
奴隷三人娘と街へ繰り出す

アシュレー先生が来てから僕の魔法ライフは充実していた。

先生の変身魔法は掌握魔法と同じく特殊属性魔法に分類される特異な魔法。

長年変身魔法と向き合ってきたアシュレー先生と行う魔法の訓練は非常に有意義だった。

しかし、僕には一つ不満があった。

この際だ、はっきり言おう。

碌《ろく》にこの世界を楽しんでいない！

確かに見目麗しい女の子たちとの交流はある。

しかし、基本的にはアシュレー先生の施す激しい訓練に身を投じていて、彼女たちとの親交を深める機会はそれほどない。

唯一風呂《ふろ》にこそ一緒に入れたが、あれはクリスティナが僕の行動に疑問を抱いていたからに過ぎない。

それに、奴隷三人娘はアシュレー先生との血みどろの訓練が始まると近寄り難《がた》いのか距離を取られてしまう。

また、屋敷のメイドたちも最近は僕に近づくとお尻《しり》を撫《な》でられるとわかっているからか、警戒が強くなっていて中々隙がない。

数日以内には屋敷を訪れてくれるはずだった双子の妹たちもまだ到着していない。

あまりにも殺伐としている。

という訳で僕は奴隷三人娘を連れて屋敷の外、領民たちの住む街中に繰り出していた。

そんな僕の腰には見慣れない鞄《かばん》が備え付けられている。

これは魔法鞄《マジックバッグ》という魔導具《マジックアイテム》で、所謂《いわゆる》異世界ファンタジーでよく見る道具等を収納するための品物だ。

外出することを伝えた父上が快く渡してくれた物で、性能を考えるとかなりの優れ物でもある。

中の空間が拡張されていて外見以上に荷物を収納出来、しかも重さまで軽減してくれる親切設計で、僕のような膂力《りょりょく》のあまりない人間でも軽々持つことが可能。

ただし、生物を中に入れることは出来ず、野菜や果物など生ものを入れたら忘れないようにしないと中で腐ってしまう危険性もある。

また、定期的に魔力の補充が必要なのも注意点だろう。

ただそれを差し引いても非常に便利な代物だ。

「アシュレー先生、本当に来ないんですか？」

「ええ、わたしはお留守番しているわ」

「ですが……」

「みんなだけで楽しんできて？　ね、お願い」

「……わかりました。じゃあ何かお土産でも見繕ってきます」

「うん、楽しみにしてるわ」

アシュレー先生はクリスティナが先日風呂で様子がおかしかったのを見ていたからか屋敷で待っていることを選んだ。

もしかして……気を遣わせたのかもしれないな。

「それでは主様《あるじさま》、今日はどちらに向かいましょうか？」

「うん、まずは何か美味《おい》しい物でも食べたいな」

「主、朝ごはん？　食べる？　食べる！」

今日はこの日のために朝食を抜いてある。

屋敷から送ってくれた馬車を降り見渡す。

うん、ヴァニタスの記憶では何度も訪れた場所だけど、僕としては初めて訪れる屋敷以外の場所、文字だけではわからなかった物語の中の世界が、いまや現実として目の前にある。

……ちょっとした感動だな。

「よし、なら……はい」

「何でしょうその手は？」

「何ってせっかく街中を歩くんだ。手を繋《つな》ごうってことだよ。――――恋人繋ぎで」

「はぁ⁉」

クリスティナに手を差し出すと思いっきり後ろに飛び退《の》かれる。

うーん、やっぱりまだ嫌われてるなぁ。

「こ、こ、こ、恋人繋ぎですか⁉　あの恋人同士がやる恋人繋ぎの恋人⁉」

「そうだけど、そんなに動揺する？」

「ど、動揺などしておりません！　しかしですね……私は主様の護衛役のようなもの。手が塞《ふさ》がっていては支障が出ます……ですが主様がどうしてもとおっ――――」

「じゃあいいや。ヒルデガルドは？」

「手？　繋ぐ！」

うんうん、ヒルデガルドは大分僕にも慣れてくれたな。

やはり模擬戦で通じ合えたのが良かったか、転生についてはまだいまいち理解していないみたいだけど、まあ、細かいことを気にしても仕方ない。

「転生してから初めての街。さあ、存分に楽しみに行くぞ」

リンドブルム侯爵領の中心都市ハーソムニア。

〝鉄鋼《てっこう》と泉の都市〟とも呼ばれるこの都市は、領内の鉱山で多数採掘される鉄鉱石を利用した鉄産業と、豊富な地下水源が特徴のリンドブルム領で最も発展している都市だ。

魔物の侵入を防ぐ外壁は重厚な鋼で覆《おお》われ、立ち並ぶ家々も金属で強化された見るからに頑強な作りになっており、きちんと舗装された都市内の道路は、多数の馬車が往来し、歩く人々は所狭しと行き交う活気ある場所。

侯爵家の屋敷があるのもこの都市の一等地であり、いま現在僕らは繁華街に繋がるハーソムニア一番の大通り『竜骨通り』を歩いていた。

因《ちな》みにこれらの知識はすべて領主である父上と、何故《なぜ》か自慢げに話してくれたクリスティナの感想であり、物語《ストーリー》の中では出てこなかった情報だった。

「次、次何処行く！」

「おっと、そんなに引っ張らないでくれ」

「ヒルデ、主様《あるじ》が困っていますよ」

山盛りの朝食を平らげたヒルデガルドは、恋人繋ぎのまま僕の手を思いっきり引っ張るため、手首の関節が捻《ひね》り上げられちょっと痛い。

彼女は楽しそうに無邪気に喜んでいるだけなので我慢するしかないけど。

そういえば朝食では一度やってみたかったことをして貰《もら》った。

「はあ⁉　わ、わたしが主様に食べさせるんですか⁉」

「うん。さっき手を繋ぐのを嫌がったじゃないか。食べさせて欲しいな～って」

「いや……私は……」

屋敷では奴隷である彼女たちと同席して食事を取ることはない。

料理自体は同じものが出るし、量も種類も十分あるだろうが、部屋は基本別室で時間帯も異なるものとなる。

彼女たちは僕の奴隷であり、給仕係ではない。

そもそもそんな教育は受けていないはずだし、記憶の中のヴァニタス《僕》も同席するよう『命令』していない。

だが、屋敷では父上のルールを尊重するが、ここは屋敷の外。

それでも領民たちの目はこちらを注視しているけど、それこそいまさら。

ここに来る過程でもヴァニタスの所業のせいで好奇の目、いや恐怖に慄《おのの》く目で見られていたし、道を歩けば露骨に避けられていた。

どうせ嫌われているならいまさら何を思われても構わない。

僕の自由でいいだろう。

僕はクリスティナの目の前に置かれたスクランブルエッグを指差し、ついで彼女の手に握られたフォークを見る。

「さあ、簡単だろ。ちょっとその卵を僕に分けてくれるだけでいいんだ」

「で、ですがそんな恋人同士のようなこと……困ります」

クリスティナは助けを求めてヒルデガルドとラパーナに視線を振るが、ヒルデガルドは山盛りのソーセージとハムを片付けるのに忙しく、ラパーナはイヤイヤと首を振って拒絶を示していた。

「……………『命令』ではないのですよね」

「ああ、こんなことで『命令』なんてしないよ。あくまでも自主的にクリスティナに食べさせて貰いたいだけだ。どうしても嫌ならまたの機会に頼むとするよ」

「う……諦《あきら》めては下さらないのですね」

クリスティナは小声で『ラパーナが無理矢理させられるくらいなら……私が！』と気合いを入れ、意を決してスクランブルエッグを差し出してくれる。

「うん、美味しい」

「うう……衆人環視の中、こんな辱《はずかし》めを受けるなんて……。前までなら殴られるだけだったのに、別人とはこういうことでもあるのですね。ヒルデとの模擬戦の時には……お、お風呂の時点で段々とわかってきてはいましたが、改めて主様は変わったのだと思います」

「そうか……わかってくれたか……ならもう一口頼む」

「ええ！」

「あれだけの量じゃ足りないよ。他の料理も注文するからまた食べさせてくれ。ヒルデガルドも足りなかったら遠慮なく言うんだよ。ラパーナも。父上から軍資金は貰ってきているからね」

「もっと食べる！　肉！　肉！」

「……はい、ありがとうございます、御主人様」

うんうん、赤く頬《ほお》を染めクリスティナが料理を食べさせてくれたのはいい思い出になった。

彼女は恥ずかしさのあまり頭がショートしたらしく、暫くボーっとしていたけど、僕としてはそんなクリスティナの新たな表情を見れたのも嬉《うれ》しいところだ。

……それにしても、風呂で背中を流してくれた仲でもあるのに、恋人同士のような行動は嫌がるのか……いまいち許可してくれる境界線《ライン》がわからないな。

「主、次！　次！」

「こ、こら、ヒルデ！　危ないでしょう！　通りには馬車も走っているんですよ」

「主、強くなる、だいじょぶ！」

「もう！」

次か……なら。

「鍛冶屋《かじや》に行きたいな」

思い出すのはヴァニタスの部屋の中にある装飾だけはやたらと豪華な剣。

無造作に置かれたそれは、部屋を掃除するメイドたちも手を触れないヴァニタス《僕》の特注品。

「ヴァニタス《僕》が以前剣の製作を頼んだ店があっただろ？　あそこに行こう」

「ですが…………いえ、わかりました。お供致します」

苦い表情を浮かべたクリスティナに案内を頼む。

次の目的地は決まった。

目指す先はハーソムニアで一番の腕を持つと言われた鍛冶師の営む鍛冶工房。

貴族の特権を笠にヴァニタス《僕》が無理矢理武器《剣》を作らせた挙げ句、代金すら踏み倒した店。


「ここだな。『アルクハウゼン武具店』」

「はい、こちらが主様が……その……特別な剣を注文されたところです」

「ああ、僕の部屋に無造作に置いてあるよ。無駄に装飾ばかりで実用性のまったくない、剣というよりただの置物が」

「……はい。主様は……前までの主様はこちらの工房を訪れた際におっしゃいました。『宝石をふんだんにあしらった俺専用の宝剣を作れ』、と」

「ヴァニタス《僕》の記憶にもある。あれは確か魔法学園入学前だから一年と少し前か」

いまから一年と少し前、ヴァニタスはアルクハウゼン武具店の親方であるディラク・アルクハウゼンが、ハーソムニアで一番の腕前を持つ鍛冶師だと風の噂《うわさ》で耳にする。

この目の前にあるこじんまりとした店の店主兼鍛冶師は、リンドブルム領のこの場所で代々鍛冶工房を営み、一級品の武器防具を扱う知る人ぞ知る人物だと。

ヴァニタスはここを訪れ無理難題を頼んだ。

いや、領主の息子とはいえ貴族の頼み、ディラクにとってそれは最早強制だったはずだ。

ハーソムニア随一の鍛冶師に作らせた武器を見せびらかしたい。

ただそれだけのための理不尽な要求。

しかも、武器というのは名ばかりのただの装飾を施した剣の形をしたものをヴァニタスは注文した。

料金を踏み倒したうえで、その方が派手で目立つからと。

材料費も鍛冶費用もすべての経費を店持ちで用意させた挙げ句の出来事。

ついでに言えばヴァニタスは作らせた剣の重量に耐えられず持ち上げられなかった。

しかし、自分が頼んだ物を突き返すにはプライドが許さない。

だから部屋に無造作に置いてあった。

……つくづくヴァニタスはどうしようもないクズだと思うよ。

「少し寂《さび》れたか？　前見た時はもう少し入り口がスッキリと整理されていたはずだが」

「それは……」

「まあいい、開店はしているようだし早速中に入ってみるか」

「あ、主様……その……申し訳ございません。あまりご無体なことは……どうか……」

「クリスティナ、心配するな。何もしやしないさ。ただ買い物をしていくだけだ。なんならクリスティナの武器や防具を新調してもいいんだぞ。それだけの金は父上から貰ってきた。いま装備しているのは量産品だろ」

「え！　いいんですか！　あっ……」

今日のクリスティナは僕の護衛を兼ねているためか武装している。

リンドブルム領の騎士団も装備する武器や防具と同じもの。

数打ちだが、それなりの性能の片手剣と女性用の胸当て。

そよ風に波打つ金の髪も相まって、クリスティナはまさしく正当な女騎士然《ぜん》としていた。


「あーい、いらっしゃいませー」

扉に備え付けられた入店を知らせる鈴が鳴り、やる気のない年若い男の声が響く。

店内をざっと見渡せば、外と同じくどことなく寂れた暗い雰囲気が漂っている。

なにより商品が異常に少ない。

壁に立て掛けられ飾られた、一点物と思わしき剣や槍《やり》等は数えるほどしかなく、ガラス棚に納められた短剣や投げナイフは疎《まば》らにしか置いていない。

盾も飾ってあるが本当に少数で、鎧《よろい》にいたっては一体のマネキンが装着している物しかなさそうだ。

店として成立しているのか疑うレベル。

前ヴァニタスが訪れた時は、棚いっぱい、それこそ視界に映るすべてのところに武具が所狭しと並べてあったはずなのにいまや見る影もない。

唯一充実しているのは樽《たる》に詰められた安売りの品くらいか。

ハーソムニアでも知る人ぞ知る店の割に殺風景な光景が広がっていた。

「なにかお探しすかー。悪いけどそんなに商品ないよー」

「何故こんなに商品がない。ここは店舗兼工房だろう？　店の奥には鍛冶場が繋がっているはずだ」

店番らしき少年、年の頃は十七か十八か、ヒルデガルドと同じくらいの年齢の少年に疑問をぶつける。

彼はカウンターに肩肘をつき、手元の布で短剣を磨きながら答える。

「いやー、いま炉の火を絶やしちゃってるからね。武具を作るのも親方の気分次第だから。商品も全然ないんだよ。ごめんねー」

「そうか。親方のディラクに用があったのだがな」

「あ、そうなの？　アンタ親方の知り合い？　悪いけどここに親方は——オマエっ……」

気怠《けだる》げだった態度を急に一変させた少年に、クリスティナがさっと前に出て僕を庇《かば》う。

それを僕は片手で制した。

「何処かで会ったか？」

「会ったもなにもっ………な、いや、その髪と整った容姿、ヴァニタス・リンドブルム様……ですよね。領主様のご子息の」

「ああ、僕がヴァニタス・リンドブルムだ。君は？」

「…………マーカスです。ただの店番のマーカス。あの……親方はちょっと、いま出掛けて……すぐには戻って来ません」

「うむ、少し話をしたかったんだが不在なら仕方ないか……そうだ」

「な、何でしょうか⁉」

目を見開き驚くマーカスにふと思いついた頼みを伝える。

「武器の目利《めき》きには自信があるか？　良ければ短剣を一本頼みたいんだが」

「え……？」

「短剣だ。僕が持てる程度の重量で取り回しやすいやつなら何でもいい。マーカス、お前の見立てで選んでみろ」

「いや、俺《おれ》は……」

「武具店の店番だろ？　選べるはずだ。それとも僕に相応《ふさわ》しい武器はここにはないか？」

「…………」

「うむ、ならディラクがいる時にでも頼むとしよう。なに、咄嗟《とっさ》の武器が欲しいと思っただけだ。忘れてくれ」

「………………ま、待って下さい！　これ！　これはどうですか！」

立ち去ろうとした僕たちを焦《あせ》った表情で呼び止めるマーカス。

差し出してきたのは黒い鞘《さや》に納まった一本の短剣。

「これは？」

「……ひ、秘蔵の品です。ウチの店でも一本しかない。と、特別なお客様にお出しする品、です」

「試してみてもいいか？」

「は、はい」

鞘から刃渡り十数センチメートルの刃を解き放ち、軽く何度か振る。

意外にも軽いな。

さっと日の光を反射させ、刃を改めて確認する。

剣の腹に片手を当ててすっと撫でた。

「フ、なるほど」

「な、何かご不満だったでしょうか？」

「代金は？」

「は？　代金……？」

「この短剣の代金だ。非力な僕でも扱える短剣。丁度こんなのが欲しかったところだ。これを貰っていく」

「ほ、ほんとに？」

「なんだ。買ってはいけなかったか？　秘蔵の品を」

「いえ、その…………代金はいりません。貴族様からお金をいただく訳にはいきませんから」

頭を下げ目を合わせないマーカスだが……この短剣に金を払わない訳にはいかないな。

「クリスティナ、この短剣の相場は幾らだ？」

「その……私もあまり武器の良し悪しはわからず……すみません」

「構わん。大体でいい」

「なら金貨二枚から三枚程度でしょうか。素材や製造方法にもよりますが」

「金貨十枚だ。マーカスに渡してやれ」

「ハッ！」

「ま、待って下さい！　こんなに、こんなに受け取れません！」

「少ないだろうが取っておけ。秘蔵の品貰っていくぞ」

「……その黒鞘の短剣、主様は本当にお使いになられるのですか？」

「ん？　ああ、マーカスに固定する腰ベルトも貰ったしな」

「主、似合う！」

「そうか？　ありがとう」

「主様の身につける武具です。マーカス殿には悪いですが……せめてディラク殿に見繕っていただいた方が確実なのでは？」

不安げな眼差《まなざ》しのクリスティナに、僕は彼女の不安を和らげるように努めて穏やかな声で話し掛ける。

「いいんだ。これでいい。……少しの戯れだよ。ところで次に向かう場所だけど……」

「はい」『次！』『……』

「奴隷商人のところへ行く。──いいな？」

「「「っ⁉」」」

僕の発言に三人娘が一斉に驚き固まった。

Episode 15　第十五話　奴隷商人とクリスティナの首輪

奴隷商人の店は意外にもハーソムニアの繁華街の近くにある。

奴隷を購入するような客層は大抵金持ちだから、買い物帰りに他の店に寄れるようにする配慮なのだろうが、通りの賑《にぎ》わいとは別に、一歩奥に入れば裏の側面もあると思うとなんともいえない気持ちになる。

アルクハウゼン武具店の店番マーカスから黒い鞘《さや》に納められた短剣を購入した僕たちはそこに向かっていた。

向かう先は最もヴァニタスの記憶に残っている場所だ。

僕たちは迷うことなく入り口を見つけ入る。

薄暗い入口に従業員と思わしき屈強な男たち。

彼らの案内で僕たちはこの店の店主の元へと案内される。

「やあ、ヴァニー坊っちゃん。久しぶりだね」

「シュカか……そうだな」

「ふふふ、そこの元貴族令嬢だったクリスティナを売って以来かな？　随分とまあご無沙汰《ぶさた》じゃないか」

前世でいう遊郭にでもいるような扇情的な格好をした、二十代前半にも見える女、シュカ。

本当の年齢はわからないし、聞く気もないが、媚《こ》びるような声色で優雅にキセルで紫煙を燻《くゆ》らせる彼女は独特の雰囲気を纏《まと》っていた。

「どうしたんだい？　お気に入りの三人の奴隷たちを引き連れて。まさか……その娘たちに飽きたのかい？　贅沢な子だ。ふふ、しかし、あれから随分時が経《た》った。新しい奴隷なら入ってるよ。ヴァニー坊っちゃんも一目見れば気に入るだろう娘もウチでなら揃《そろ》えてる。……見てみるかい？」

「悪いな。興味は多大にあるんだが、今日の用事はそれではないんだ。ああ、言い忘れた。今後、僕のことはヴァニタスと呼べ」

「なんだい？　雰囲気が少し落ち着いたと思ったらこのアタシに呼び名を変えろと？　どういう風の吹き回しだい？」

「僕は変えろと言った。聞こえなかったか？」

「…………まあ、いいさ。十五歳だ。大人びたい年頃だろうしね。で、ヴァニタス坊っちゃん、ご用件は？」

ほんの少しだけ余裕のある表情が崩れ、不機嫌さを垣間見せたシュカ。

だが、我慢して貰《もら》おう。

相手は百戦錬磨の交渉を取り仕切ってきた女郎。

個人的には彼女の退廃的な雰囲気は嫌いではないが、舐《な》められたままでは今後結んでいく関係にも支障が出る。

「クリスティナ、僕の前にこい」

「っ⁉　は、い……」

怯《おび》えた表情のクリスティナ。

自分が何故《なぜ》ここに連れて来られ、何故僕の前に立たされたかわかっておらず不安らしい。

「今日僕は何故ここに来たと思う？」

「……わかりません。……ですが、新しい奴隷を購入するのではないのですか？」

「違う」

「なら……………私たちを、私を手放すのですか……？」

「それも違う」

手放される心配がなくなったからか露骨にホッとした表情を浮かべるクリスティナ。

ヒルデガルドとラパーナも三人の内誰《だれ》かが離れることにならないことを知り、険しかった表情が僅《わず》かに和らぐ。

「奴隷の首輪は品質によって等級が異なる。クリスティナ、お前にはわかるな。何せお前の首輪は同じ奴隷の首輪だが、ヒルデガルドやラパーナとは似て非なるものだ」

クリスティナの首輪。

ヒルデガルドやラパーナの首輪がただの黒色の首輪なのに対して、彼女の首輪だけは真紅《しんく》に輝いている。

「はは、そうさ。クリスティナの首輪は等級でいえば最上級のものだからねぇ」

「はい……シュカさんのおっしゃる通りです。私の首輪はヒルデやラパーナとは……違う」

「もう、クリス、シュカさんなんて他人行儀なことを言うんじゃないよ。シュカお姉ちゃんと呼べといっただろう？　何せアンタを買ったのはアタシだ。没落貴族のお嬢さんが、どうしても落ちぶれていく家族に金を渡したいと自分で自分の身を売りにきた。リンドブルム領へ連れてきたのはアタシだけどね。何せいい買い手が中々現れなかったから。クリスはこんなに可愛《かわい》いのに……おかしいねぇ」

「………」

シュカはクリスティナの要望に答えた。

彼女を法外な金額でもって買い取り家族にその金を渡した。

だが、クリスティナは自分を売る際に条件をつけた。

買い手が現れなかったのはそのためだ。

「奴隷の首輪、それも最上級となるものなら首輪自体に盛り込める契約が異なる。それは、ある意味主すら縛る契約《くさり》。……クリスティナ、お前は自分が性的に辱《はずかし》められないよう奴隷の首輪に性的命令の拒絶可能を盛り込んだ。そうだな」

「う……あ……は、い」

「今日ここに来たのは他でもない。その契約を変更し、クリスティナが真の意味で僕の奴隷となれるのか確かめるためだ」

「っ⁉」

これ程美しく気高い女に手を出さない？

馬鹿《ばか》な！

十五歳の若い体だぞ、性的欲求がないなんてあり得ない。

ヴァニタスは手を出せなかっただけだ。

契約に守られたクリスティナに邪《よこしま》な欲望でもって指一本触れられなかった。

だが、僕は違うぞ。

女に気後れするヘタレ野郎とでも思ったか？

物語《ストーリー》の指し示すままに、奪われるまでただ指をくわえて静観しているとでも？

主人公と出会うまでもない。

彼女は――――僕のものだ。

奴隷の首輪、それは主と奴隷を繋《つな》ぎ行動を縛り付けるものではあるが、ただ装着しただけでは効果を発揮しない。

首輪を嵌《は》めた状態で、主《あるじ》となるものが血と魔力を登録することにより、初めて主と奴隷の間に契約は成立する。

それが基本契約。

首輪に内蔵された契約であり、自死自傷の禁止、主からの逃亡の禁止、主への殺傷行為の禁止、主からの『命令』の遵守などが該当する。

では等級とは何か。

基本契約を変更し、契約の追加、変更を可能とするもの。

要は等級の高いものほど融通が効き、様々な条件付けを可能とする。

クリスティナのように性的命令の拒絶権を盛り込んだり、行動可能範囲の拡大や限定、一人称の強制変更。

場合によっては回数制の命令の拒否権の付与など、複雑で一見意味不明にも見える契約をも盛り込むことが出来る。

逆に等級の低いものには最低限の契約しか盛り込まれておらず、追加や変更も出来ないものが存在する。

例えば許可のない魔力使用の禁止、魔法発動の禁止、他人との接触禁止などが盛り込まれていなかったり、基本契約に追加することが出来ない。

そういった首輪は主を間接的に不利にさせる工作が可能な場合もある。

そして、さらに劣化した首輪などは最早『命令』の絶対権への信頼も揺らぐ。

ああ、そうそう、ヴァニタスがヒルデガルドやラパーナに手を出さなかったのにも理由がある。

二人の首輪は等級でいえば普通かやや劣化したものだが、性的命令も可能なものだ。

勿論《もちろん》手を出そうとすれば奴隷は拒否出来ない。

しかし、過去ヴァニタスはヒルデガルドを寝室に呼んだ際、彼女の純粋さから無意識に殴られたことがあったため、それ以来性的接触はしないようにしたようだ。

ラパーナも年齢が低く、ヴァニタスにとっては性的魅力をあまり感じなかったようで手を出していない。

これも小説の物語《ストーリー》上の都合ともいえる。

ヴァニタスは悪役として主人公にハーレムメンバーを供給する役であり、彼がヒロインたちに手を出すようでは物語が破綻する。

だからこその設定。

まあ、そうはいってもヴァニタスにとって奴隷三人娘の中で最も気に入っているのは、最初に出会ったクリスティナであり、彼女と最初に寝所を共にすると決めていたのだろう。

だからヒルデガルドとラパーナの二人には夜伽《よとぎ》を命じなかった。

……物語ではその最も気に入った奴隷《クリスティナ》を、主人公に最初の決闘で奪われ発狂するのだから
どうしようもないが。

僕は苦悶《くもん》の表情を浮かべるクリスティナを出来るだけ落ち着かせるようにゆっくりと話し掛ける。

「だが、契約を変更するなら両者の合意が必要だ。主としてヴァニタス《僕》が血と魔力でもって登録したように。奴隷と主。両者の血と魔力で契約内容を変更する必要がある」

「…………」

「だから僕はここに来た。基本契約の変更は奴隷商人、とりわけ『契約』の属性魔法を操《あやつ》る者でないと変更出来ないのだから」

「…………」

「どうする、クリスティナ。君は何を選択する？　君の条件付けた基本契約を変更し、僕にすべてを委《ゆだ》ねるか。それとも僕には指一本触れさせないと突っぱねるか。……僕は君の答えが聞きたい」

さてクリスティナはどちらを選ぶ？

顔を伏せたままだった彼女は、僕の問いかけに苦しげに視線を返す。

「私は……」

「………」

「……主様は変わられました。以前まで己《おのれ》を鍛えるということをしなかった主様は、いまや私たちと同じ場所、同じ空気を吸って修練に励んでいる。あれほど吹き荒れていた暴言や暴力はまったくなくなり、寧《むし》ろ私たちに配慮して待遇を改善しようとさえして下さる」

「当然のことだ。僕は君たちの主だからね」

「……理不尽な命令や悪意ある提案をすることはなくなり、他者から恐れられることも少なくなりました。……屋敷にはまだ主様を怖がっている使用人たちもいますが、それもいつかは改善出来るのではないかと主様の最近のご様子では希望を持てます」

「………」

「でも！　私は！　まだ貴方を信用出来ないのです！　貴方が理不尽に命令したことで不利益《ふりえき》を被《こうむ》った者がいることを知っている！　貴方が権力を笠に言葉と力で心身を傷つけた者を知っている！」

クリスティナの心からの叫びだった。

心の奥深くに突き刺さったヴァニタス《僕》の罪。

「転生で別人になったと貴方は言う。ヴァニタス・リンドブルムは以前とは変わったのだと。ですが！　到底信じられないのです！　私は貴方と同じ顔、同じ声で蔑み、怒り、嗤《わら》っていた日々を覚えている！　それでどうして信じられるというのですか……」

「そうか……」

「私も貴方様を信じたい。心から信頼したい。ですが……もう少し時間を下さい。……貴方にはまだ私のすべてを委《ゆだ》ねることは……出来ません」

「それがクリスティナ、君の答えか……」

「……………」

深い沈黙が僕たちのいる空間を支配する。

クリスティナは己《おのれ》のすべてを解き放ったとばかりに、真正面から僕を見据えていた。

彼女のどこまでも果てがないような透き通った水色の瞳《ひとみ》は、これで罰を受けたとしても後悔はないと明白に訴えていた。

Episode 16　第十六話　クリスティナ・マーティアは魅入られる

「――――まあ、当然だな」

私の意を決した迫真の答えを主様《あるじ》は何でもないように返した。

叱責され激怒されるかもしれないと覚悟しての答えを、何も問題はないと諭すように。

「え？」

「クリスティナがまだ僕を信用していないことはわかっていた。ヴァニタス《僕》の影を完全には消し去れていないことも。しかしだ。それでも僕は契約の変更を申し出る必要があった。何故《なぜ》かわかるか？」

「いえ……私にはわかりません……」

主様はなおも私に問う。

「クリスティナ、僕は本気なんだ。本気で君の信頼を勝ち取るつもりだ。だからこそあえてこの場所で宣言した。真の意味で奴隷となることを求めた。……ここはヴァニタス《僕》と君が出会った場所。主と奴隷が契約によって結ばれた場所」

はい、ここは私とヴァニタス《貴方》が出会った場所。

貴方は興奮し傲岸不遜《ごうがんふそん》に私へと宣言しました。

『女、俺《おれ》の奴隷になれ』と。

私はそれに同意した、するしかなかった。

「僕たちは確かに主と奴隷、それだけの関係だ。一方が一方を搾取し、虐げるだけの関係。そう、いままではそうだった」

「主様……」

「はじまりの地でやり直そう。君がヴァニタス《僕》に自らの実直さから、不本意ながらも忠誠を誓ってくれたように。今度は僕が君に相応《ふさわ》しい主になると誓おう」

主様はそっと私の手を取り、そのまま自分の胸へと押し当てる。

え、あ……ちょっ…………胸板に……。

「だが、勘違いしないで欲しい。君は奴隷だ。どこまでいっても奴隷なんだ。何故なら君は
——僕のものだから」

それはあの時となんら変わりないように感じる宣言。

クリスティナ《私》は永遠に主様の奴隷なのだとわからせる傲慢《ごうまん》な言葉。

でも……心臓の鼓動が華奢《きゃしゃ》な胸を通じて伝わってくる。

「主たる僕は君に相応しく強くあることを誓おう。ただひたすら自らの決めた道を進むことを誓おう。君を誰《だれ》にも奪わせないと誓おう」

主様の光すら飲み込む漆黒の瞳は、何も映さないのではなかった。

冷たく冷え切った凍土の瞳ではなかった。

私に誓う言葉の端々に熱がある。

瞳の奥底に一筋の燐光《りんこう》がある。

「僕たちは比翼《ひよく》の翼だ。共に無窮《むきゅう》の空を羽ばたく二対の飛鳥《ひちょう》。奴隷の首輪は互いを結びつけ縛る鎖《絆》。僕は君を奴隷から解放しない。いや、首輪がなくとも僕たちは主と奴隷なんだ」

「そして……私だけでなくヒルデとラパーナも手放すつもりはないん、ですよね……？」

「ハハッ、そうさ！　僕は強欲だからね！」

「貴方は本当に…………のない方……」

魅入《みい》ってしまった。

ヴァニタス・リンドブルムという主に……以前とは異なる男の子に。

私だけを見てくれない人でも、自分の欲望に素直な人でも。

彼の側《そば》に居たいと思わせられてしまった。

「そして、もう一つ宣言しておく。……僕に君を手放す気は毛頭ない。地獄がもしあるなら僕は君も連れていく。君を誰のものにもする気はない。僕からは決して離れられないと、そう覚えておいてくれ」

そう、挑発的に微笑むヴァニタス様に――――。

ああ、もう逃げられないなと心から悟ってしまった。

「はい……ヴァニタス様」

「フ、それにしてもクリスティナ、君の手は温かいな。」

「それは……主様の胸が激しく脈打っているから……です」

「む？　なら確かめてみるか？」

「ええ⁉」

主様は私をぐっと抱き寄せる。

あの細い腕の何処にそんな力がと疑問に思うほどの力強さで。

気づいた時、私は主様の胸に顔を埋《うず》めていた。

「――――っ⁉」

だ、駄目ぇ～～クリスティナ《私》。

ヒルデもラパーナもシュカさんも見ているのに。

きょ、拒否、拒否しないと。

せっかくいい感じに主様と胸の内を曝《さら》け出して会話出来ていたのにぃ！

あ、いい匂《にお》いする。

「どうだ。クリスティナ、僕は平静だろ？」

きっと私の顔面は真《ま》っ赤《か》になってる。

恥ずかしさから主様の胸から顔を上げられない。

そう、これは主様のせいであって、断じて私が主様ともっと触れていたいからではない。ないったらない！


「で？　結局アタシは何を見させられてんだい？」

呆《あき》れ顔で僕に抱き着いたままのクリスティナを眺めるこの店の主シュカ。

まあな、彼女からすれば急に昔の客が訪れたと思ったら、目の前で奇妙な寸劇でも始まった気分なのだろう。

それでも僕たちのやり取りに最後まで口を挟まないでいてくれたのには感謝してもいいが。

「呆れたよ、アンタたち。アタシの店でナニを乳繰り合っているんだい？　痴話喧嘩《ちわげんか》でもやりたいなら他所《よそ》でやっておくれよ」

「な⁉　乳繰りっ、私は別にそんな不埒《ふらち》なことはっ⁉」

「悪いな。この場所でないと嫌だったんだ。すべてのはじまりの場所でないと。だが構わないだろ？　僕とクリスティナの主従の絆《きずな》が深まるところが特等席で見れたんだ」

「はぁ……アタシには我が侭《まま》な坊っちゃんが駄々捏《こ》ねてるようにしか見えなかったけどねぇ」

肩を竦めて艶《つや》めかしい口から輪になった煙を吐き出すシュカだが、隙のない流し目で僕たちを注視していたのは見逃していないぞ。

「しかし、ホント悪い御主人様だよ。ヴァニタス坊っちゃんは。ここにクリスを連れてきてアタシと会話させたのも危機感を煽るためだろ？　この娘が奴隷だと強く思い出させるためにこのアタシを出しに使ってくれるとは小賢《こざか》しいったらありゃしない」

「いいのか？　そんな横柄な口を聞いて。こう見えて僕は侯爵家嫡男だぞ」

「ハッ、このシュカ様に怖いものがあるとでも？　貴族の坊っちゃん如《ごと》きに怖気《おじけ》づく女じゃないよ、アタシはっ！」

「フ、そうか」

「はぁ……調子が狂うねぇ。いまの挑発程度じゃ欠片《かけら》も怒りゃしない。こりゃ本当にヴァニタス・リンドブルムは変わっちまったらしい」

最近の僕の噂《うわさ》でも聞いたのか？

まあ、彼女も独自の情報網ぐらいあるだろうから僕の変遷を不思議に思ってもおかしくないか。

「で？　クリス、アンタの愛《いと》しの御主人様の提案は結局どうするんだい？　受けるのかい？」

「それは……」

「ああ、クリスティナ。基本契約の変更は君がしてもいいと思った時で構わないぞ。それまでは僕の背中を見て主に相応しいかどうか判断すればいい」

「そのような……よろしいのですか？」

「構わない。遠からず君は僕に申し出ることになる『私のすべてを貴方様に委ねます』とね」

「はぁ〜あ、何なんだろうねぇ。その根拠のない自信。これが若さかねぇ。でもクリスにはこれぐらいが丁度いいのか。あのだらけきった顔……すっかりとその気になっちまってまぁ」

前までより確実に熱っぽい眼差《まなざ》しをくれるクリスティナ。

これは僕の申し出を受け入れてくれる日も近いかな。

ならなおのこと僕も己を鍛え、『彼女たち』に相応しい主になる必要がある。

「ではシュカ、その時は頼むぞ。クリスティナと僕の契約《絆》を取り持つのはお前しかいない」

「はいはい、頼りにしてくれるのはありがたいけどねぇ。それってアタシである必要あるのかい？　またヴァニタス坊っちゃんに失礼な態度を取るかもしれないよ」

「ああ、楽しみにしてる」

「っ〜〜〜〜、こいつ、ホンットに小生意気だねぇ」

眉間に皺《しわ》を寄せ、睨《にら》みつけてくるシュカ。

しかし、僕は彼女の苛立《いらだ》ちを受け流しつつ、ここに来た目的のもう一つを伝える。

「シュカ」

「……なんだい」

「頼りにしてばかりではなんだ。お前にも有用な情報を与えよう」

「ナニ？」

シュカ、いまでこそ奴隷商人に身をやつしているが僕は知っているぞ。

彼女の本当の名は朱夏《シュカ》。

帝国から東、とある国の大貴族の娘が遠い帝国まで落ち延びて奴隷商人として大成したのだと。

非合法な組織を渡り歩き、裏切りと混乱の果てにこの地に辿《たど》り着いた。

そして、消えぬ後悔を宿した彼女はこれから新天地を目指すことになる。

「君はこれから帝都に手を伸ばそうと考えているだろうが、ある奴隷商人が所持する奴隷がいる。――――名をクレア。町娘のような名前だが、容姿は端麗であり、鮮やかな紅《くれない》の髪に黄金の双眸《そうぼう》を備えた少女。彼女なら君の審美眼にもかなうだろう」

「へぇ～、面白《おもしろ》いじゃないか。……で？　その娘もヴァニタス坊っちゃんの奴隷にするつもりかい。クリスのように」

「無論だ。勿論《もちろん》見合った金額を出そう」

「フフ、な～んでそんなことを貴族の坊っちゃんが知ってるのかはこの際聞かないでおいてあげるよ。でも、それがホントならクレアという娘、是非とも一度手に入れたいもんだねぇ」

上機嫌に口の端を吊《つ》り上げるシュカ。

まだ見ぬ美しい奴隷に彼女の興味は多いに注《そそ》がれていた。

「さて、これで街に繰り出した用件は済んだ。あとは繁華街でも適当に彷徨《うろつ》いてから帰るぞ」

「はい、主様！」

「…………」

「帰る！　違った！　遊んで帰る！」

だが、帰り道事件は起きた。

取るに足らない些細《ささい》な事件だが、ある者に取っては不幸な事件。

Episode 17 第十七話 掌握魔法の可能性

それは繁華街から屋敷への帰り道、僕たちが遭遇した取るに足らない出来事。

「な、何するんだよ。や、やめてくれ！」

「『何するんだ』だとぉ？　オイオイ、ここを通るには通行料が必要だっていっただろうがぁ！」

「ニイチャン、ダメだねー。こいつ怒らすと怖いよ。飢えた犬っころみたいにどこまでも追いかけっから」

「ハハッ、ホントだよ！　こいつしつこいからなぁ、噛《か》み付《つ》いたら離さねぇぞぉ。大人しく諦《あきら》めな」

なんとなく知らない道を歩いてみたかっただけだった。

ヴァニタスの知らない道、僕だけが通ったことのある道。

そんなものをちょっとだけ知りたいという個人的欲求による気まぐれ。

しかし、その道の先でトラブルが起こるとは流石の僕も考えていなかった。

しかも……。

「……普通こういうのは可愛《かわい》い女の子が絡《から》まれてるもんだろ。助けた後に仲良くなって一緒に冒険者として活躍する。そのはずだろ。何故《なぜ》ここには男しかいない」

「前方に四人、内三人は人相からしてたちの悪いチンピラでしょう。一人は絡まれたハーソムニアの住民ですね」

「むむ、良くない、奴《やつ》ら」

暗がりになった路地の先にいたのは、男三人に言い寄られる青年が一人。

どう見てもただ絡まれて困っている住民の図だ。

ここからめくるめく運命の出合い《ロマンス》に発展する余地は微塵《みじん》もない。

言い寄っている方はまさしくチンピラといった風貌で、薄汚れた格好にボサボサの髪、視線はどこを向いているのかゆらゆらと揺れ、聞くに耐えない濁声《だみごえ》で囀《さえず》っている中年共。

しかし、三人共に腰には粗末な片手剣を携え、ヨレヨレの服の上から革鎧《よろい》のようなものを身に着け一端にも武装している。

一方青年は二十代前半か、手には買い出しでもしていたのか紙袋に詰められた多数の食材がある。

不安を如実に表した表情からはこの状況をなんとか出来る力は読み取れない。

「不運にも絡まれたのでしょうね。通行料などと勝手なことを言っていましたし、繁華街から多少離れたとてハーソムニアにあんな柄の悪い連中がいるとは驚きです。……流れ者でしょうか」

「こ、怖い……」

「ラパーナ、元気、出す！」

「ヒルデ姉……ありがとう」

見るからに暴力的な気配漂う三人組にラパーナが怯《おび》える。

「お、何だ何だ。綺麗《きれい》どころを引き連れたお坊っちゃんよぉ。いま取り込み中だぞ」

「なんだぁ？　子供ばっかじゃねぇか。なんでこんなところに、おい、何の用だ」

「待てよ……あの銀に近い白髪に漆黒の目。やたらと金のかかってそうな服といい、この子供《ガキ》、領主の息子じゃねぇか？」

「はぁっ⁉　じゃなんだこいつ、貴族かよ‼」

「……………貴族、様？」

僕に気づいた途端ギャーギャーと五月蝿《うるさ》いチンピラ共。

というか僕のことをヴァニタス・リンドブルムと認識出来るのか。

てっきり問答無用で襲いかかってくるかと思ったけど……さて、どうなる？

「確かこの街の領主、侯爵家の息子はどうしようもないクズだって聞いたぞ。なんでこんな路地に……」

こんなチンピラにクズ呼ばれりされるとは、ヴァニタスはどれだけ悪評で語られてるんだ？

「主様《あるじ》を……よりにもよって『クズ』だと？」

「むう、嫌な奴」

あっという間に怒りが沸点に達したのか、クリスティナが腰の剣に手をかける。

ヒルデガルドも腰を低くして身構え臨戦態勢を取った。

「はぁ……まあ、仕方ないか。不快な連中には退場願うとするか……」

「ええ、主様に不敬な物言いをする輩《やから》、私に任せていただければすぐに制圧いたします」

「殴る、蹴《け》る、倒す！」

クリスティナとヒルデガルドはすっかり戦う気だな。

まあこの二人ならこんなチンピラ風情、魔法を使わずとも剣術と体術だけで制圧出来るだろう。

二人と何度も模擬戦を通じて戦ってきた僕にはわかる。

「何をこそこそと喋《しゃべ》ってやがる！」

「オイ、待て！　……そのスミマセン。貴族の坊っちゃんだとは知らず、俺《おれ》たちはすぐこの場を去りますんで……どうか……そのご容赦を」

「何いってんだ！　オレは貴族相手でも戦えるぞ。権力なんかに屈しねぇ！　貴族だろうがなんだろうがぶっ殺――――ムガッ」

「うるせえ！　余計なこと喋んな。ス、スミマセン、連れは口だけはデカい奴でして。じゃあ俺たちはこの辺で……」

何やら内輪揉《うちわも》めをしているようだったが、その中で比較的冷静そうな奴が頭を低くして謝ってくる。

しかし……。

「誰《だれ》が帰っていいといった？」

「へ？」

「僕の前でリンドブルム領の住民を脅しつけておいてタダで帰れると本気で思っているのか？」

「いや……その、ですから謝って……」

「不要だ」

「……？」

「お前たちからの謝罪も、お前たちの存在も不要だと言ったんだ。なにより僕を不愉快にさせただけでも万死に値する。そうだな、お前たちの身柄は父上の騎士団に引き渡す」

「何をいって……」

「おい、早く逃げよう」

「バカ！　逃げたって無駄だ！　……貴族に逆らった時点で終わりなんだ。……殺しちまおう。殺して埋めちまえばきっとバレやしねぇ」

多少及び腰だが意気揚々とかかってくるチンピラたち。

臨戦態勢だったクリスティナとヒルデガルドを下がらせる。

彼女ら、特にクリスティナは『危険です』と声を荒らげて渋っていたが、コイツら程度に彼女たちの力は必要ない。

「ふ、ふざけんな！　俺は謝ったじゃねぇか！　なんで、クソッ」

「やれ！　やっちまえ！」

腰の粗末な剣を抜き放ったチンピラ共。

なってないな、構えも剣の振りもなにもかもが拙《つたな》い。

勇み足で飛び込んでくる一人の懐《ふところ》に飛び込む。

――――隙だらけだぞ。

「握《グラップ》――――小握撃《コンパクト》」

「グハッ⁉」

「え？」『は？』

三人の内二人が戦闘中だというのに動きを止め、訳がわからないといった様子で互いの顔を見合わせていた。

「いま……何を……」

簡単だ、大気から集束した魔力を手のひらに集中させ、体に押し当て吹き飛ばした。

いま路地の壁に潰《つぶ》れたカエルのような有様で気絶しているのはその結果。

とはいえチンピラ風情にわざわざ教えてやることでもないがな。

僕を害すると血気盛んだったはずのチンピラ共の瞳《ひとみ》に恐怖が映る。

仲間が無様にも気絶する姿に戦意を失った、そんな時――――路地の奥の暗がりから僕目掛けて一目散に駆け寄る男がいた。

「俺の仲間に何してやがる！」

油断していた訳ではない。

しかし、こんなゴミみたいな連中に仲間がいるとは露ほども思わなかっただけだ。

故に接近を許した。

現れた男は一目でチンピラ三人組より上の実力を持っているとわかった。

何より着ている装備が遥《はる》かにマシだ。

抜き放ち上段に構えた剣は良く研がれているし、魔物の皮を使ったであろう毛皮のついた革鎧は、動きを阻害しないよう体型にキチンと合わせたもの。

「ラアアアアッーーーー‼」

奇声を上げ走り迫るチンピラのボスらしき男。

黒鞘《さや》の短剣を抜く。

「主様っ‼」

「主！」

クリスティナとヒルデガルドの悲痛な叫び。

でもそんなに心配する必要はないさ。

僕だってアシュレー先生の監督の下、幾度となく模擬戦を熟《こな》してきたし、模擬戦用の模造剣を持ったクリスティナ相手に接近戦の対策も多少齧《かじ》っている。

「オラァッ！」

振り下ろされる剣の軌道に短剣を合わせた。

これで――――。

剣を受け止めた瞬間違和感があった。

バキンッと手元から不快な音が鳴る。

短剣が……半ばから折れていた。

「ハ、武器の整備も碌《ろく》にしてねぇのか！　悪いな、坊主《ガキ》を殺すのは趣味じゃねぇんだが、ここで死んでくれ!!」

チンピラのボスがニヤリと嘲笑《あざわら》う。

武器を失った一瞬の隙を縫うように凶刃が振り下ろされる。

「――――ライトボール」

「ガハッ!!」

甘いな、僕が武器が折れた程度で動揺するとでも思ったのか？

腹部に当てた光魔法により、路地を滑るように吹き飛ばされたチンピラたちのボスは、衝撃に口から勢いよく呼気を吐き出し、地面へと倒れた。

「うむ…………意外と予想より早かったな」

折れた短剣を見る。

断面は初めからそうであったように綺麗に断たれていた。

「主様！」

「まあ、待て。まだ立ち上がるようだ」

「ぐぅ……当然だろ。た、たかが魔法一発でこの俺を倒せるとでも思ったのかよ。まぐれ当たりの癖《くせ》によぉ！」

クリスティナたちが駆け寄ってくるのを片手で制する。

「クリスティナ、ヒルデガルド。二人共手を出すなよ」

「ですがっ、主様！」

「主、一人、大丈夫？」

「心配は無用だ。お前たちの主はこんなチンピラに負けはしない」

「クソッ、こんなところで坊主《ガキ》と戦うことになるとはよぉ。……だが手加減はしないぜ。お前さんにはその必要もないみたいだからな！」

「全力でこい。そのうえで僕が打ち砕いてやる」

「行くぞ、オラッ！　――――ファイアボール！」

火属性の魔法、空中を一直線に飛ぶ火球は中々の速度があった。

だがそれだけだ。

「握《グラップ》――――」

「は？　俺の魔法が……逸《そ》れた……だと？」

飛んでくる火球を魔力を集束した片手で触れ弾《はじ》く。

明後日の方向に飛んでいく自らの魔法に、チンピラのボスは口をあんぐりと開け呆気《あっけ》に取られていた。

「な、何だってんだよ、いまのは！　くっ……オイ、お前ら！　そんなとこでぼーっとしてんじゃねえ！　やるぞ！」

いまだ気絶したままの一人を尻目《しりめ》に、呆然《ぼうぜん》自失とした二人に喝を入れる。

これで三対一か。

「ああ、クソッ！　クソッ！」

「やる！　やってやる！」

子分二人は驚きの連続に自暴自棄になったのか、我が身も顧みずただひたすらに攻めてくる。

防御すら考えない一心不乱な攻撃。

うむ、体捌《たいさば》きの問題どころかもはや腰すら引けてるな。

粗末な剣撃を余裕をもって躱《かわ》し、さて反撃をと考えたところで、子分たちを囮《おとり》に一人後方で待機していたチンピラのボスが動く。

「行け！　――――ファイアスラッシャー!!」

まったく……仲間じゃなかったのか？

その軌道では子分たちも巻き添えになるぞ。

僕とチンピラたちの争う真っ只中《ただなか》に飛んでくるのは、猛《たけ》る火の斬撃波。

触れれば対象を焼き切るだろう弧を描く刃は、紛れもなくヤツの切り札だった。

「へへ、これなら弾けねぇだろ！　燃えろ！　真っ二つになって燃えちまえ！」

空中を一直線に向かってくる火の斬撃に、僕は手を前方へと翳《かざ》し五指を開く。

「握《グラップ》――――掌握圧《コンプレス》」

それは不可視の重圧。

開いた手を握り込んだ直後、周囲から圧力をかけられた火の斬撃波は、瞬く間に僕の手の内へと圧縮された。

「――――え？」「え!?」「あ……？」

うむ、まあこんなものか。

僕は手の内に圧縮された火の塊を路地の端へと投げ捨てる。

地面に当たった赤い塊から僅《わず》かな火炎が迸《ほとばし》った。

「な、なんで、オレの魔法が！　なんなんだよいまの魔法、いや魔法……なのか？　ああ、もうわけがわからねぇ⁉」

「さて、もうお遊びは終わりだ。握《グラップ》――――掌握掴《ホールド》」

「は？　か、体が……動か……ねぇ」

一連の出来事にすっかり腰の抜けたチンピラたちを置き去りに、動揺する彼らのボスに直接触れ魔法を発動した。

それは、ヒルデガルドに行った時と同じながら遥《はる》かに習熟度を増した魔法。

あの時は十数秒が限度だったが、アシュレー先生との修練を経たいまの僕なら、そうだな、コイツ程度なら三分以上身動きを封じることも可能だろう。

ただこの魔法は拘束出来る時間が接触時間に左右される不安定な魔法でもあるため、無力化には便利だが使い所を選ぶべき魔法ではある。

「ぐがぁ……何でだ！　何で！　う、動けねぇ！」

だが、地面に倒れたまま少しでも動こうと必死に足掻《あが》くチンピラのボスには最早関係ない。

いまのコイツは指の一本ですら満足に動かすことは出来ないのだから。

「む？」

ふと熱心に僕を見詰める視線に気づく。

視線の先にいたのは最初に絡《から》まれていた青年……ああいたな、そんなのも。

「そこの青年、怪我《けが》はないか？」

「え⁉　あ！　は、はい……」

「ならいい。家に帰るまでが買い物だぞ。これからは気をつけるんだな。――さあ、行け」

「あ、ありがとうございました！」

何故《なぜ》かキラキラとした眼差《まなざ》しでこちらを見ていた青年が路地を走り去っていくのを見送る。

……さて、残るは動かない体のまま引き攣《つ》った表情で目を激しく泳がせるチンピラのボスと、気力を失い一歩も動けなくなった子分たち。

地面に横たわるチンピラのボスの頭を僕は踏みつける。

「ぐぎゃっ⁉」

うむ、汚い悲鳴だ、聞くに耐えないな。

「言っておくが無駄な抵抗はしないことだ。これ以上痛い目に遭いたくはないだろう？　もっとも動きたくとも動けないだろうがな」

「ヒ、ヒィ」「だ、誰か助けてくれぇ！」

路地に響く恐怖に染まった悲鳴は、彼らの終わりを意味していた。

第十八話　裁きの時

「そろそろ来る頃だと思っていたぞ」

父上の屋敷、そのだだっ広くも整備された訓練場の中央で、跪《ひざまず》き低く地に伏せる二人に僕は声を掛ける。

「……はっ、この度は手前共の申し出をお受けいただきありがとうございます」

「で？　酒は抜いてきたのか？」

「……はい、それは勿論《もちろん》」

「ではディラク、マーカス、用件は予想がつくが、改めてお前たちの口から今回の謁見《えっけん》を申し出た理由を聞こう」

僕個人を指名した嘆願により臨時の謁見の場と化した訓練場。

父上やリンドブルム領騎士団団長グスタフの見守る中、クリスティナを横に控えさせた僕はあらかじめ得ておいた許可の元、無精髭《ぶしょうひげ》の目立つディラクに真意を問う。

「……ウチの息子のマーカスがヴァニタス様にお渡しした黒い鞘《さや》に納まった短剣なのですが……あれは息子の打った非常に拙《つたな》いものなのです。いただいた金貨十枚はお返しします。どうか、どうかあの短剣をお返しいただけませんでしょうか？」

「ああ、あれだな。見て貰った方が早いだろう。クリスティナ、渡してやれ」

僕の指示にクリスティナが布に包まれたアレを持ち、ディラクの前まで運んでいく。

地面にそっと置かれたそれにディラクは最初不思議そうな顔をしていたが、布を捲《めく》った途端表情を一変させる。

「っ⁉　これは……⁉」

「マーカスからなんと聞いたかはわからんが、これは些細《ささい》な諍《いさか》いの際に粗末な剣を受けた結果こうなったものだ。お前の鍛冶《かじ》の腕が確かなら僕が嘘《うそ》を言っていないことはわかるだろう」

ディラクは信じられない面持ちで刃が半ばで折れた短剣の残骸に触れる。

震える手で柄《え》を握り持ち上げると、断面と剣を受け止めた部分を凝視していた。

「ば、ばか、な……」

「そう、僕はマーカスに見立てを頼み僕に相応《ふさわ》しい武器を求めた。その結果がこれだ」

「ああ、このォ、大莫迦《ばか》野郎がァッ‼」

訓練場に響くディラクの怒鳴り声に、父上を警護するグスタフが背中の大剣に手をかける。

僕は警戒するグスタフを目で制する。

……グスタフはヴァニタスの所業から僕を蛇蝎《だかつ》の如《ごと》く嫌っているがそれでも止まってくれた。

「マーカスぅ！　お前っ‼　この莫迦がっ‼」

「ダァッ⁉」

謁見のはじまりからずっと地に跪き伏せたままだった息子をディラクは殴り飛ばした。

「ぐ……う……親父……」

「マーカス！　お前は鍛治師として、いや人としてやっちゃならねぇことをした！　莫迦野郎がっ！　自分が何を仕出かしたのかわかってるのか‼」

「でも……親父……俺《おれ》は……」

「『でも』じゃねぇんだ！　元からヒビが入った失敗作を客に渡すとは何を考えてやがる‼」

そうだ、あの黒鞘の短剣にははじめからヒビが入っていた。

自慢じゃないが僕の身体能力は高くない。

細い腕に低い身長、およそ戦う者にしては足りない筋力。

……自分で分析して悲しくなるな。

だが、その分織細だ。

短剣の刃を指で撫《な》でた時、目に見えないほどの細かいヒビが入っていることには気づいていた。

あの激昂《げきこう》ぶりを見るとディラクはそのことをマーカスから聞いていなかったようだな。

「何故だ。何故こんなことをした。よりにもよって……ヴァニタス様に……」

「親父！　俺は！」

「うるせぇ！　お前の言い訳なんて聞きたくねぇ！　黙ってろ！」

「⁉」

ディラクは息子《マーカス》を一喝《いっかつ》し黙らせると、事態の成り行きを見守っていた僕に向き直る。

険しい表情には覚悟があった。

「……ヴァニタス様」

「なんだ？」

「息子が仕出かしたことは……謝罪します。こいつはとんでもないことをやっちまった」

「ああ、僕にヒビの入った短剣を秘蔵の品と偽りワザと渡した。そのうえ謝礼の金貨まで受け取ってな」

「あの金はオマエが――」

「うるせぇ、黙ってろ！　……そうです。鍛冶師として人としてマーカスはやっちゃならねぇことをした」

「…………」

「それを承知でお願いします！　どうか息子の命だけは！　命だけはお許し下さい！」

「お、親父ぃ……そんな……」

深々と頭を下げ謝罪するディラクに、マーカスは呆然《ぼうぜん》自失としてショックを受けているようだった。

だが、ディラクの覚悟がそんなものの訳がなかった。

彼は腰元に携えた剣を抜く。

訓練場がにわかにざわつくが、あの剣は僕が持ち込みを許したものだ。

彼らから何も没収する必要はないとそのままにしていたもの。

再び動き出そうとするグスタフを強く視線で止める。

動くな、ディラクの行き着く先を僕に見届けさせろと。

視線を移した時、ディラクは剣を……自分の首に宛《あ》てがった。

刃が食い込み僅《わず》かに血が滲《にじ》む。

「ヴァニタス様、この度の息子の仕出かした騒動、どうか私一人の命で止めていただけませんでしょうか！　責任はすべて私にあります！」

「お、親父は悪くないだろ！　悪いのは俺だ！　ああ、そうだ。俺がワザとヴァニタス・リンドブルムに失敗作を渡した！　俺が全部悪いんだ！　親父は……何も悪くねぇよ……」

「マーカス……」

「……」

「親ってのはなぁ。子供が可愛《かわい》いもんなんだ。どんなことを仕出かしても子供が一番大事なんだ。……俺が酒浸りになって鍛冶場にも立たなくなったせいでお前には苦労をかけたな。……許せ。俺が、俺がすべて悪かった」

「親父ぃ……」

「ヴァニタス様、お願いします！　私の命で、どうか！　どうか、息子の命までは!!」

「親父ィーーーー!!」

盛り上がっているところ悪いが僕はディラク、お前を無為に死なせて終わりにするつもりはないぞ。

「クリスティナ。【命令だ。ディラクの剣を弾《はじ》き飛ばせ】」

「────はい、主様《あるじ》」

僕の魔力を籠《こ》めた『命令』により、クリスティナが突風のような素早さで疾走する。

ギンッと金属同士のぶつかり合う音色が響き、ディラクの手元を離れた剣は高く宙を舞った。

「あ……なん、で……？」

「主様の『命令』です。悪く思わないで下さいね」

「ディラク、お前に今回の騒動の責任を取らせるつもりはない。そこで成り行きを見ていろ」

「…………息子のために……死なせてもくれないのですか？」

「そうだ。すべては僕の裁量で決まる。お前が決めることではない。そこで大人しくしていろ。すべての決着がつくまで」

「は、い……」

力が抜けたのか両膝《ひざ》から崩れ落ち倒れるように跪くディラク。

「さて、マーカス。お前に聞こう。……何故こんなことを引き起こした。理由を説明してみろ」

宙を舞う剣を呆然《ぼうぜん》と見守っていたマーカスは不意に立ち上がる。

隠すことのない激怒が彼を支配していた。

「……全部、全部オマエが悪いんだろうが！　ヴァニタス・リンドブルム！　オマエのせいで親父は飲んだくれて武具を作らなくなっちまった！　あれだけ好きだった武具作りへの熱意を失っちまった！　そのせいでお袋は体調を崩して、寝込んでばかりで碌《ろく》に動けもしない！　誰《だれ》がやった。ヴァニタス！　オマエだ！　オマエがやった！　俺たち家族を崩壊させたのはヴァニタス、オマエだ‼」

「マーカス……何を言い出すんだ。やめろ！」

マーカスの突然の激昂にディラクが血相を変え静止する。

貴族への暴言など問答無用で処罰されてもおかしくないことだとディラクにはわかっているからだ。

……たとえマーカスの言い分がどれだけ的を得たものだとしてもそうする必要があった。

「黙らねぇよ、親父！　親父が喋《しゃべ》らないなら俺が話す！　ヴァニタス！　オマエは親父に剣の製作を頼んだ！　約一年前のことだ！　覚えているだろ！」

「ああ、覚えているとも。僕の部屋に置いてある。宝石ばかりのおよそ剣とはいえない品物だな」

「ぐっ……堂々と答えやがって。親父はなぁ。あの時までハーソムニアで一番の鍛冶師だったんだ！　だけど、オマエが剣の製作を頼んだことで変わっちまった。親父は冒険者の扱う実用的な武器を作っていたのに、オマエはあんな見てくれ重視のゲテモノ武器を頼んだ！　わかるか？　自分の信念に反する物を作らされたんだ！　親父はそれから熱意を失っちまった。自分の作品に自信が持てなくなっちまったんだ!!」

尊敬する父親の失意と苦しみを間近で見てきたからこそ言えるマーカスの心からの叫びだった。

「お袋は親父のそんな生気のなくなった姿に心労がたたって寝込んじまった。それでも自分の弱さをいつも嘆いている。だから俺はオマエにヒビの入った短剣を渡した。ああ、そうさ、魔が差したんだ。いつか俺が鍛造した短剣《失敗作》が折れて……オマエが、少しでも、傷つけばいいと……」

「……マーカス、お前そこまで追い詰められて」

「殺すなら殺せ！　だけど、親父は関係ないだろ！　親父は……違うだろ……」

「マーカス……」

心の丈のすべてを吐き出し泣き崩れるマーカス。

ディラクは息子の思いを感じ取り、悔しそうに地に伏せた。

「主様……どうされるのですか？　本当に彼らに処罰を？」

クリスティナが心配そうに僕の顔を覗《のぞ》く。

見ればヒルデガルドもラパーナも、互いに庇《かば》い合い泣き伏せる彼らに同情していた。

「そうだな。マーカス、お前自分で短剣を鍛造するぐらいだ。鍛冶は好きか？」

「鍛冶が好きかだとぉ。俺は毎日炉で燃える炎の光を浴びて、鍛冶場に立つ親父の後ろ姿を見て育ったんだ。好きに決まってる！」

そうか……ヒビが入っていたとはいえ短剣の出来自体は悪くなかった。

筋力のない僕でも問題なく振れる将来性の感じる品物だった。

マーカスはずっと父親の技術を盗むべく努力してきたのだろう。

……まあ、それをヴァニタスがぶち壊した訳だが。

「そうだな。うむ……ディラク、お前店を畳め」

「……は？　……はい。わかり、ました」

「ヴァニタス！　オマエはさっき親父に責任を取らせるつもりはないと言ったじゃねぇか！

それを自分から反故《ほご》にするつもりなのかよ！」

「違うな。強《し》いていうなら、これはお前への罰だ」

「俺への罰……？」

怪訝《けげん》そうに首を傾《かし》げるマーカスを尻目《しりめ》に、僕はディラクに彼の進むべき道を指し示す。

「ディラク、お前には父上の騎士団のために装備を作って貰う」

「え？」

「実用的な武具が好みなのだろう？　騎士団専属となれば好きなだけ鍛冶が出来るぞ。何せ彼らこそ常に実戦に身を置く遊びのない連中なのだから。ただし、騎士団の本拠に住み込みだ。賃金は安いと思え」

「え……あ……オレ、いや私が騎士団の専属鍛冶師に？」

「なんだ、不満か？　ああ、身の回りの世話をする人物も必要だな。お前の嫁も連れて来い。なあに、騎士団の本拠には医師もいる。多少の体調不良ならすぐに良くなるだろう」

「……………」

「騎士団勤めとなれば休む暇などなく毎日のように武具を修繕し、製造する必要があるだろうな。……しかし、お前は鍛冶だけにいつまでも集中出来る」

「ずっと鍛冶を続けられる環境？　しかも、街を、都市を守って下さる騎士団の皆さんのために？　……そんな夢のような……」

すっかりとその気になった表情のディラク。

フフ、鍛冶の誘惑には耐えられないようだな。

騎士団の武具こそ実用性を求められるものはないからな。

「店は息子にくれてやれ。あんな鍛冶工房《遊び場》はもういらないだろ」

「……私はどんなことでもヴァニタス様に従います。ですが息子のマーカスはどんな処罰に？」

「当然気になるだろうな。だが、僕としては特に命を奪うような処罰を下すつもりはない」

「────は？」「え？」

ほう、面白《おもしろ》い顔をするじゃないか。

「父上。この場での裁量は僕に一任されている。そうですよね」

僕はこの場を静観し見守ってくれていた父上に話し掛ける。

「……ああ、ヴァニタス、君の好きにするといい。元々君が引き起こした事態だ」

「改めて聞いて貰った通りだ。ここでは僕がすべてを決める。言ってなかったかもしれないが僕は短剣のヒビに気づいていたぞ。気づいていて金貨十枚を支払い代わりに置いていった。この意味がわかるか？」

「え……じゃあ……」

「マーカス、お前の短剣を受け取ったのはワザとだ。お前がワザと失敗作を僕に渡したように、僕はいずれ折れると知っていてワザと受け取った」

「なんで……そんなことを……？」

不良品だと知っていて受け取ったのが信じられないのだろう、僕の意味不明な行動に困惑するディラクとマーカス。

「僕のための腕のいい鍛冶師が欲しくてな。一芝居打った」

「は？　じゃあ……俺を罠《わな》に嵌《は》めたのか？　ワザと折れる武器を受け取って金を払って俺を、俺たちを嘲笑《あざわら》っていたのか⁉　親父が欲しいがために！」

「少し違うな。腕のいい鍛冶師は欲しいが酒に逃げ腑《ふ》抜けているような者は要らない」

「く……それは……」

「ディラク、お前が鍛冶への情熱を取り戻すにはすべてを捨て去る必要があった。酒を絶ち、大切なものと向き合う時間が。息子の危機はお前に危機感を抱かせるには十分だった。違うか？」

「はい……それはもうガツンときましたよ」

「お前には新しい環境が必要だ。あの鍛冶工房に引き籠もって延々と悩み続けるぐらいなら騎士団の本拠で腕を磨き続けろ。いずれ勘を取り戻した頃に僕と奴隷たちの武具も作って貰う。いいな？」

「う……はい、光栄にございます」

「安心しろ。装飾用の剣は一本で十分だ。次は実戦向きの物を頼む」

「はっ、それならば喜んで！」

酒に溺れ大切なものを見失ってしまったディラクには強烈な一撃が必要だった。

それこそ息子《家族》を失うかもしれないという恐怖が。

「ところでマーカス、僕が何故この場所を謁見の場に選んだと思う？」

「いや……わからない」

「ここが公式の場でないからだ。訓練場が謁見の間な訳がないだろう？　今回の僕への謁見、正式なものではない。よって公式な記録に残す気もない」

「え？」

「僕への暴言も不問と言う訳だ。お互い騙《だま》し合った仲だしな」

ここには父上も騎士団の騎士たちもいるがすべて口の固い者たちだ。

勿論グスタフは僕を嫌ってはいるが、彼は父上に忠誠を誓う者、内々の話を漏《も》らすことはないだろう。

まあ、漏れたのならそれはそれでやりようがある。

フフ、騎士団に貸しを作れれば面白いことになりそうだ。

「じゃあ……本当に罰を与えない、つもりなのか……？」

「だがそれではお前の気持ちが晴れないだろう。故にこの僕が直々に罰を考えてやった」

「うっ」

嫌な予感でもしたのか苦い顔をするマーカスに僕は告げる。

「――――僕のために父親を超える武具を作れ」

「え……？」

「両親の力を借りずたった一人で作るんだ。お前だけの鍛冶工房《遊び場》で僕のためだけの武具を作れ」

「……俺はまだ鍛冶師として未熟だぞ。失敗の方が遥《はる》かに多い。オマエ……いやヴァニタス様のために武器を作るなんて……」

「だが、お前の黒鞘の短剣。強度はともかく軽さは悪くなかった。それに未熟ならこれから伸ばせばいい」

「俺は……ヴァニタス様を騙したんだ。それも自分が最も大切にしている鍛冶仕事で……」

「鍛冶の失敗は鍛冶で取り戻せ。己《おのれ》の腕を鍛え、僕を納得させる偉大な鍛冶師になれ。…………それがお前への罰だ」

「俺に向き合えってのか……自分の罪に」

「そうだ。金鎚《かなづち》を振るう度思い出せ。僕とお前は互いを騙し合った罪ある身なのだと」


ヴァニタスの処罰は平民に対するものとしては格段に甘いものだ。

しかし、事は個人間での出来事であり、事前の根回しの結果、ヴァニタスの希望通りの処罰に落ち着いた。

ディラクとその妻エディンは騎士団の本拠に移り住み、元々騎士団専属だった他の鍛冶師たちと共に、目まぐるしい鍛冶仕事に没頭、エディンの病も無事完治することになる。

一方マーカスは元アルクハウゼン武具店でひたすらに鍛冶作業を行うことになる。

なお当面の生活費や鍛冶の材料費はヴァニタスが無理矢理に渡した宝石剣の代金で賄《まかな》うことになった。

ヴァニタス曰《いわ》く『父上が代わりに代金を払ったらしいが、僕はまだ払っていない。……遠慮なく受け取っておけ』と利子付きで気前よく支払った。

しかし、当然ながらヴァニタスに持ち金などないため、全額エルンストが払ってくれたものなのだが、ディラクたちはこの事実を一切《いっさい》知らない。

因《ちな》みにヴァニタスはマーカスの修行と称して、使用人を派遣し屋敷の包丁や鎌など家庭用の刃物類をバンバン研ぎと微調整に出している。

ディラクの背中を見て育っただけあり、マーカスの鍛冶の腕は悪くない。

屋敷の料理人から波及した『良い腕の研ぎ師』の噂《うわさ》は自然と広まり、屋敷の使用人を仲介役に研ぎの依頼は爆発《ばくはつ》的に増加していた。

あまりの忙しさにマーカスは嘆くが実はヴァニタスはこっそり仲介料を取っている。

彼には慈悲などないのでマーカスが鍛冶仕事に精を出せば出すほど少額ながら彼の手元には

金が入る。

「マーカスを処罰する？　勿体《もったい》無いじゃないか。せっかく手駒になる鍛冶師が二人も手に入るのに」

ディラクには騎士団の本拠で勘を取り戻させつつ、騎士たちに恩を売らせ、マーカスには修行と称して鍛冶仕事をさせ金に変える。

二人は実質的にヴァニタスの駒であり、彼の言うことに逆らわない便利な存在に仕立て上げられていた。

しかも、親子二人を競わせより良い武具を得ようとまで考えている。

端的にいってヴァニタス・リンドブルムとは酷《ひど》いものである。

「……にしても親父、久々にお袋を連れて会いに来たと思ったら、あんな充実した顔しやがって。こっちは忙しくて武具作りの時間すら取れねぇってのに、騎士団での仕事はそんなに楽しいかよ……ズリぃよ」

今日もマーカスは終わらない研ぎ仕事に一人嘆く。

しかし、その瞳《ひとみ》には明日への意欲があった。

いつか腕を磨き、己《おのれ》の罪と向き合い、偉大な鍛冶師だと納得させられるだけの武具を作り上げるのだと夢見て。

「主様《あるじ》、行きますよ！　ウォーターボール！」

クリスティナの水魔法が空中を駆け僕に迫る。

直撃すれば昏倒《こんとう》するかはともかく、命中すればかなり痛いことは間違いない。

「握《グラップ》――――掌握圧《コンプレス》」

僕は新たな掌握魔法の一つ、大気中の魔力操作による圧縮の魔法を発動する。

右手の五指を握り締め、大気中の魔力を集束させる。

目前まで迫った水球に魔力を集束させた手を翳《かざ》し……握り込んだ。

「おお！　流石主様です！」

僕へと届く前に空中にて押し潰《つぶ》され、手の内に収まるように圧縮された水球。

うん、この魔法もかなりコツを掴《つか》めてきたな。

しかし、クリスティナは称賛してくれるけど、それで歩みを止める訳にはいかない。

遅い歩みだとしても僕の掌握魔法は確実に進展していた。

「――――掌握《グラップ》」

「う〜ん、もうそこが訳がわからないのよね。なんでそうなるのかしら？　大気中の魔力をどうやって集めているの」

クリスティナたちが互いに模擬戦をして訓練している中、目の前で披露した掌握魔法の基本動作にアシュレー先生がお手上げとばかりに呆《あき》れ果てていた。

そうか？　これは本当に基礎の基礎であってあまりのショボさに恥ずかしいぐらいなんだけど……だって乱暴にいえば手をグーパーさせてるだけだし。

「大気中の魔力の集束は掌握魔法の基本ですよ。これが出来ないと話になりません」

「それが出来ないから、たとえ掌握魔法に着目してもみんな諦《あきら》めてしまうのでしょうね。そもそも大気中の魔力を利用するから本人の魔力は雀の涙ほどしか使用しないなんて、ズルいわ」

「そうですか？　僕は寧《むし》ろ変身魔法もかなり便利だと思いますけどね。体格差とかほとんど関係なく変身出来て、魔力さえあれば多少損傷しても解けない変身ってなんなんですか？　普通はもっと控えめな効果のはずですよね？」

アシュレー先生の話では流石に著《いちじる》しく体積の異なる昆虫などにはなれないものの、大概なんでもなれるというのだから、変身魔法の方こそ性能がおかしい。

だって鳥に変身して空も飛べるんだぞ。

飛ぶ感覚を摑むのに何年も苦労したらしいけど、労力が霞《かす》むほどの成果だ。

高所からの偵察から万が一の緊急避難、場合によっては上空からの攻撃にも使えるだろう。

まあこれもアシュレー先生だから出来るのであって、習熟度が低ければそれほどの力は発揮出来ない訳だが……。

「そういえば予想通りといえば予想通りだったけど……やっぱりヴァニタス君の先天属性は『掌握』ではなかったのね」

「はい。そうですね。……まあ習熟の進展具合からいって多少は察していましたけど」

アシュレー先生の勧めで改めて先天属性について調べてみたところ、やはり僕の先天属性には『掌握』はなかった。

そして、クリスティナたちの先天属性も物語《ストーリー》と同じ属性であることが判明した。

これで僕の知識が確かなら取《と》り敢《あ》えず小説の内容からは大きく外れていないことが判明した。

もっともいままでも特に気にしていなかったし覚えていることも少ない。

これに関してはあまり気にしなくてもいいだろう。

そういえば調べる時に思い出したけど先天属性は魔法学園入学時にも調べるんだよな。

確かヴァニタスは『俺《おれ》は俺の鍛えたい魔法を学ぶ。素質など関係ない！』と拒否したような気がする。

ああ、そうだな、ヴァニタスの記憶でもそうなってる。

「でも、本当に良かったの？　先天属性ではない魔法は習熟がどうしても遅くなってしまうわ。

ねぇ、前にも聞いたけど、ヴァニタス君、あなたは自分の本来最も得意とする魔法、つまりは先天属性の魔法を学ぶ考えはないの？」

「いずれは、というところですかね。やはり現状は掌握魔法を優先したいと思います。……たとえ習熟が遅いにしても僕はこの魔法を極めたい。まだまだ掌握魔法には可能性がある。それに未知を探求することは楽しいですから。それはアシュレー先生も同じじゃないですか？」

「確かにそれは、そうね。あなたと魔法を探求する時間はわたしにとってもとても大事で……楽しい時間だもの。……わかったわ。これ以上はもう聞かない」

それにしても、この会話自体もう何度もしているというのにアシュレー先生は心配性だな。……でも、それもまた生徒想《おも》いの先生らしいのかもな。

「じゃあ気を取り直して今度こそ掌握魔法の研究を続けましょうか。まずは集束した魔力を使用した身体強化から――」

時刻は夕方、日も暮れ始め、肌寒い感覚が僕らを襲う。

すっかり長い間訓練と研究に没頭してしまった。

「それにしても、アシュレー先生の変身魔法はいつ見ても鮮やかですね。先生は魔物に変身する方が得意とおっしゃっていましたが、先日はラヴィニア様に変身していましたけどまったく違和感がありませんでしたよ」

「うん、先生、スゴイ！」

「ふふ、ありがとう。みんなに褒めて貰《もら》えるととっても嬉《うれ》しいわ」

アシュレー先生も大分クリスティナたちに慣れたな。

どうやら僕抜きでも魔法で悩みがあればたまには質問したりして交流しているみたいだし、屋敷で会えば挨拶《あいさつ》もする。

関係は良好だ。

まあ、一人だけ上手《うま》く輪に入れない娘もいるけど……。

アシュレー先生とは屋敷で別れ、それぞれの部屋に向かう。

しかし、僕は個別に与えられた自室に戻ろうとする三人の内、終始どことなく暗かった彼女にあることを命じる。

「ラパーナ、今夜僕の部屋に来い。……意味はわかるな？」

「⁉」

「っ⁉　主様《あるじ》、それは⁉」

ハッと顔を上げたラパーナの表情を僕は忘れることはないだろう。

彼女は絶望と諦観が入り混じり怯《おび》えきっていた。

Episode 20

第二十話 黒うさぎと夢現《ゆめうつつ》

「ご主人様……失礼します」

深夜、ベッドで微睡《まどろ》んでいる最中、控えめなノック。

僕の私室を訪れたのは兎《うさぎ》の長い耳と丸い尻尾《しっぽ》を持つ黒兎の獣人ラパーナ。

華奢《きゃしゃ》で細い首を僕の奴隷の証《あかし》である黒い首輪が覆《おお》い、身に纏《まと》うのは街に繰り出した際に購入したラパーナの黒い髪色とも合う紫のネグリジェ。

魔導具《マジックアイテム》の薄明かりに照らされた彼女はベッドからの距離もあってか表情までは窺《うかが》えない。

「遅かったな」

「……………はい」

暗闇《くらやみ》の中にあってラパーナの声には警戒が色濃く表れていた。

これから起こることを想像し、固く心を閉ざしているのがわかる。

「……どうした？　気が乗らないようだな」

「…………」

「さあ、こっちに来い」

重い足取りで僕に近づいてくるラパーナの足音だけが静かな室内に響く。

「隣に座れ」

「…………はい」

ラパーナの体重に天蓋《てんがい》付きのベッドが軋《きし》む。

軽いな、少ししか沈まない。

「……遠いな」

彼女は僕の手がギリギリ届かない範囲に腰掛けた。

それはせめてもの抵抗か、無意識の所業か、なんにせよ彼女の不安が顕在化した行動だった。

僕への嫌悪が彼女にそう行動させていた。

「まあいい……」

「…………」

「ラパーナ……寝るぞ」

「寝る？」

「何を呆《ほう》けているんだ？　君を呼んだのは添い寝して貰《もら》おうと思っただけだ」

「え……あ……添い寝だけ……ですか？」

「フ、何だと思ったんだ？　僕が子供に手を出すとでも思ったのか？　眠るだけだよ。ああ、それとも抱き枕《まくら》にでもなってくれるのか？」

「っ⁉」

「冗談だ。さ、明かりを弱めるぞ」

ベッド脇《わき》で室内を照らしていた魔導具《マジックアイテム》の明かりを弱める。

背を向けて寝転んだ僕の隣に、モゾモゾとラパーナが移動するのがわかる。

「おやすみ、ラパーナ」

「……はい、おやすみなさい、ご主人様……」

瞼《まぶた》を閉じ、ゆっくりと呼吸する。

静かな部屋にラパーナの荒く小さい呼吸音だけが響いていた。

やがて時間と共にそれも落ち着いていくと、室内には互いの息の吐く音だけが聞こえていた。

落ちる。

無防備な姿に。

人が、いや、僕が最も油断するだろう時間――さて、そろそろかな。


夢現《ゆめうつつ》に旅立つ少し前、それは起きた。

「ぐうう……あぁ!!　………カ、ハ………!!」

寝室に苦しげに喚《わめ》く声は、まるで悲願を遂げられなかった獣の雄叫《おたけ》びのようだ。

跪《ひざまず》き、首元を掻《か》き毟《むし》る彼女を僕は見下ろす。

「苦しいか、ラパーナ。僕を殺そうとした報いを受けた気分はどうだ？」
奴隷の首輪は意に反した行動を取らせることが可能だ。
奴隷は首輪の基本契約に沿ってしか行動出来ず、逆らった場合には罰が与えられる。
今回ラパーナは僕の首を締めた。
主を殺害する行為は契約に反する。
よって罰としてラパーナの首輪は締まり、彼女は息も出来ずに苦しんでいた。
悔しさに口は歪《ゆが》み、目の端には涙を浮かべ、くぐもった声は……助けを求めていた。
「【許す】」
「ハァッ、ハッ、ハッ、ハッ……はぁ……ぁ……フゥー……フゥー……」
首輪の罰は永遠には続かない。
首輪は奴隷を気絶寸前程度まで締め上げるだけで、殺しはしないのがなんとも無情だ。
奴隷は奴隷のまま、死すら自由にならない。
ラパーナの仕出かしたことは本来なら許されないことだ。
主《あるじ》への反抗など最も禁忌な行い。
しかし、今回は僕が彼女をワザと追い詰めたのだから許すのは当然だった。
ようやく罰から解放され、落ち着いた呼吸に戻ってきたラパーナ。
彼女は頬《ほお》に涙の跡が残るまま僕を見上げ睨《にら》みつける。

そこには明確な敵意があった。

「ぐぅっ……何故《なぜ》、罰を……途中で……？」

「ラパーナ……お前の考えていることぐらいわかるつもりだ。寝室に誘えば必ずお前は僕を害すると思った。いや、お前がもう耐えられないとわかっていた。だからここに呼んだんだ」

「わかっていながら……何故？　わたしがどんな思いでこんなことをしたとっ……くっ……」

信じられないと顔を伏せるラパーナ。

だがいましかなかった。

いまでしか彼女は本心を明らかにしてくれないとわかっていた。

僕と彼女、一切《いっさい》の邪魔のないたった二人でしか話せないこの空間でないと。

……彼女の敵は僕だけではないのだから。

「だが、そうだな。もし言いたいことがあるならいま聞こう。まだ夜は長いからな」

「話を聞く？　いまさら？　わたしがどれだけ泣き叫んでもあなたは殴ることを、傷つけることをやめなかったのに!!」

「そうだな、ヴァニタス《僕》はお前を殴り、蹴《け》り、痛めつけることを止めなかった。どれだけお前が苦しんでも、赦《ゆる》しを乞うても」

「転生？　別人？　クリス姉もヒルデ姉も騙《だま》されてる！　そんなことであなたのしたことが許される訳ない！　許されるはずない！　わたしは、許さない！　だって、ずっと……全部……

覚えてるんだから」
彼女は真実を語っていた。
ヴァニタスは彼女に暴力を振るった。
横暴に振る舞い、理不尽な所業を見せつけた。
それは彼女本来の明るい性格を歪《ゆが》めてしまうほどの強烈な出来事。
内心はともかく喜々として他者を害するヴァニタスに彼女は恐怖した。
そしていま、僕の目の前で彼女は涙を流し訴えている。
許されるはずがないと隠されていた本心すべてを曝《さら》け出していた。
彼女《ラパーナ》は物語の中の存在ではない。
不条理な現実に苦しむ一人の女の子だった。

第二十一話　ラパーナは眠れない

「主《あるじ》、次、いく」

「この訓練……主《あるじ》様は本当に変わったのだろうか……？」

クリス姉とヒルデ姉は同じご主人様に仕える仲間だ。

ただし、仲間といっても同じ奴隷というだけで、経緯も、境遇も、年齢も異なる三人。

しかし、わたしたちはある意味で固い絆《きずな》で結ばれているはずだった。

理不尽な暴言と暴力を振るうご主人様に共に耐える仲間として。

ご主人様……ヴァニタス・リンドブルムは変わった。

確かにそう、奴隷に自らに向かって魔法を撃たせるなんて以前では絶対に考えられなかった。

魔法は……痛い。

ご主人様の光魔法で撃たれる時、わたしは痛みと恐怖からいつも声をあげてしまう。

クリス姉とヒルデ姉は鍛えているお陰か余裕そうだけど、わたしは違う。

わたしは弱い。

いくらご主人様の魔法が鍛えていない弱いものだとクリス姉に説明されても、自分に向かって勢いよく飛んでくる物体に恐怖を覚えないなんてことはない。

勿論《もちろん》クリス姉もヒルデ姉も私が的に指名されそうになるといつも庇《かば》ってくれるし、ラヴィニア奥様はわたしが少しでも怪我《けが》をしていたら使用人の人を通じて回復薬《ポーション》を渡してくれる。

だから耐えられた。

一緒にこの理不尽に耐えてくれる仲間が、姉たちがいたから……。

でも、それも間違いだったと悟った。


「ご主人様もヒルデ姉も本当に楽しそう…………なんで？」

楽しそうに模擬戦を続けるヒルデ姉が信じられない。

ヒルデ姉のご主人様を見る目が変わってしまったのを信じたくない。

ヒルデ姉にとってご主人様は何でもない相手だった。

取るに足らない相手であり、いうなれば自分に危害を与えるほどではない存在。

同じ奴隷でありながら、理不尽な主に恐怖心を持たない強く確固たる自分を持つヒルデ姉は、わたしにとって希望であり、憧《あこが》れだった。

でももう変わってしまった。

ヒルデ姉はご主人様に可能性を感じていた。

何かを見出《みいだ》してしまった。

それはきっとヒルデ姉にとって大切なことで、ご主人様は取るに足らない相手からその先を見てみたい相手に変わっていた。

ヒルデ姉の瞳《ひとみ》に弱く先もないわたしは映っていなかった。

そして事件は起こる。


「……なんで？　なんでクリス姉は嬉《うれ》しそうなの？　あんなに理不尽な暴力を振るうご主人様を嫌《きら》っていたのに。わたしに一緒に耐えようと言ってくれたのに……なんで？」

奴隷商人の店でわたしは見てしまった。

人が人に魅入られる瞬間を、共に歩む人だと認めてしまう姿を。

ご主人様の胸の内で呆《ほう》けた様子で我を失うクリス姉を！

ああ、何故《なぜ》？　何故二人とも簡単に騙《だま》されてしまうの？

転生なんて、別人だなんて口から出たでまかせかもしれないのに！

あの辛《つら》い日々をわたしは忘れていない。

殴られたことも、蹴《け》られたことも、魔法の的になったことも、罵《ののし》られたことも、嫌らしい目で見られたことも、汚い手で撫《な》でられたことも、全部、全部わたしは忘れていないのに！

クリス姉もヒルデ姉もわたしの味方だと信じていたのに！

「ラパーナ、今夜僕の部屋に来い。……意味はわかるな？」

「⁉」

「っ⁉ 主様、それは⁉」

聞きたくなかった。

そう、わたしはクリス姉やヒルデ姉とは違う。

歯向かう意思すら挫《くじ》かれていたわたしでは、たとえ『命令』でなくとも断れない。

いや……もう耐えられなかったんだ。

「ラパーナ、元気、出して」

「ラパーナ……私から主様に掛け合ってみる。主様も何かを……そう、間違えただけだ。私に契約の変更を待って下さったのだからラパーナに無体なことをするはずがない。少し部屋で待っていてくれ。すぐに――」

すべてが敵にしか見えず、二人ですら信じられなくなっていた。

「いいよ……クリス姉……わたしご主人様の部屋に……いくよ」

「ラパーナ！」

「ご主人様が望んだことだから……」

姉二人の心配そうな顔を振り切って、わたしはご主人様の寝室を訪れた。

きっともうこの時のわたしは限界だった。

ご主人様に添い寝をしろといわれベッドに横になる。

中々寝付けない中、目の前にあったのは華奢《きゃしゃ》な背中と細い首。

わたしの弱い握力でも精一杯力を込めれば折れてしまいそうな首が、手を伸ばせば届く距離にあった。

気づけばわたしはご主人様に馬乗りに跨《また》がっていた。

両手を細い首にかけている最中、ふとわたしは奇妙なことを思い出していた。

ご主人様が変わったと告げた日、耳を、体を撫でられた日、あの時だけは何故かご主人様の手を汚いと思えなかった。

撫でる手付きが優しかったから？

思わず声が漏《も》れるほど……心地よく感じたから？

ただ……彼の撫でる手は物を扱う手付きではなかった。

簡単に壊れてしまうものを慈しむような……そんな繊細さがあった。

それでもわたしは彼の首を締めた。

「カ、ハッ！」

首輪が締まる。

主に反抗した奴隷への調教のための罰だった。

でも……ご主人様はそれすら許した。

『命令』による罰の取り消し。

見上げるわたしを漆黒の瞳が見下ろしていた。

反抗したわたしを責めるでもなく、呆《あき》れるでもなく……真摯《しんし》に。

こんなわたしに向き合っていた。

苦しみ絨毯《じゅうたん》に横倒れになったわたしはすべてを曝《さら》け出していた。

わたしに出来る可能な限りの糾弾を彼に浴びせていた。

「――――それがすべてか、ラパーナ？」

でもご主人様は意に介さない。

表情は変わらず、感情も大きく動かない。

「泣くな……こっちに来い」

「え……？」

いつか何処かで見た光景のようにわたしはご主人様に手を引かれていた。

強引《ごういん》に……違う、導くように引き寄せられていた。

「ここに横になれ」

ご主人様の膝《ひざ》にわたしの頭が乗っていた。

わたしは――。

「やめっ……て！」

僕の手を弱々しく振り解《ほど》き起き上がろうとするラパーナは、変わらず目に涙を浮かべながら膝から離れようとする。

「わたしはクリス姉のように簡単にはっ――――」

しかし、僕は……。

「ひゃっ⁉」

「ん？　僕はただ撫《な》でてやっているだけだぞ」

「あう……あう……あぁ…………あっ……」

体温でしっとりとしたラパーナの兎耳を撫でると、彼女は徐々に脱力していき、飛び起きる勢いを失い僕の膝の上に収まった。

うむ、やはりいい触り心地だ。

滑らかですべすべとした指通りのいい黒毛は、ふさふさでもあり、興奮からか少し湿り気があるのも悪くない。

「ううう……やめっ……へっ……」

　おっと撫で過ぎたようだな、これでは会話も成り立たない。

「ラパーナ」

「はぁ……はぁ……はぁ。な、なんで……振り、解けないの？」

　彼女は自分の感情が何なのか理解出来ないといった表情だった。

　僕はそんな彼女に努めて優しく問い掛ける。

　それこそ彼女の心まで繊細に扱うように。

　自分以外のすべてを敵視する警戒を、甘い毒で溶かすように。

「ラパーナ、君が追い詰められていたのは知っている。変わっていく周囲についていけなかったんだろう？」

「……当たり前、です。急に変わったなんて虫のいい話、わたしは信じない」

「そうだな。でも君の周りの人間は信じた。信じたいと思わされた。それが嫌だったんだろ？」

「⁉」

「どうした？　図星か、ラパーナ」

「……あなたはずるい。クリス姉もヒルデ姉もわたしの唯一の味方だった。それなのにあなたは奪った。わたしの大切な人たちを……奴隷になったわたしにできた唯一のものを！」

「……何故《なぜ》僕が君に無防備な姿を見せたと思う？」

　突然の質問に困惑した表情を見せるラパーナだが、本当は彼女もわかっているはずだ。

前の主《ヴァニタス》なら決して奴隷に心を許さないと。

蹂躙《じゅうりん》し虐《しいた》げるだけで、寄り添うことも、信用することもない。

ましてや、最もお気に入りなクリスティナでない奴隷《ラパーナ》など、珍しい黒兎の獣人だとしても手を出されない程度の価値しかないと。

「…………」

「ぶち撒《ま》けさせるためだ」

「え……？」

「ラパーナ、君は自分の感情を内側に溜《た》め込《こ》み過ぎている。自分の価値を信じられていないんだ。何もかも悪い方へと考えてしまう」

ラパーナを卑屈な引っ込み思案な性格に変えたのはヴァニタスだ。

そのうえで、それを知ったうえで僕は言う。

「ラパーナ、もっと我が侭になれ」

「我が侭……」

「僕にはすべてを曝《さら》け出していいんだ。悲しみも憎しみも怒りも喜びも……持っている感情をすべてぶち撒けていいんだ」

「そんなこと…………いいの？」

「ああ、僕は君の主だ。奴隷《ラパーナ》のすべてを受け止められるぐらいでないと君に相応《ふさわ》しくない」

「……」

「そして、君が言うように僕は狡《ずる》い奴《やつ》なんだ。クリスティナもヒルデガルドも……僕を殺そうとした君ですら欲しいと願う我が侭な奴なんだ」

「⁉」

「ラパーナ、君には価値がある。僕がそれを認めよう。だから僕にだけは見せてくれ。君が何に喜び、何に悲しみ、何に怒りを抱くのかを……僕はそれが知りたい」

「うぅ……あぁ………ご主人様……」

静かに嗚咽《おえつ》を漏《も》らすラパーナの涙の意味は変わっていた。

僕はそう信じた。


抱えていた感情を曝け出し、すっかり落ち着いた様子で大人しくベッドに横たわるラパーナは、もう今夜は僕を目の前にしても取り乱すことはないだろう。

そんなどこか燃え尽きたような彼女に僕は告げる。

「うむ、僕の首を締めた罰だ。今日は僕を抱き締めて寝ろ」

「はぁ⁉　いや、そんな……」

目を白黒されて驚くラパーナ。

なに、これぐらいで許そうというんだから、寧《むし》ろ普通の奴隷なら泣いて喜ぶはずだぞ。

……まあ、僕が半ば誘導した結果なのだけど。

「フ、我が侭をいうお手本みたいなものだ。今日ぐらいはいいだろう？　何せ僕の首を――

――」

「わ、わかった。……んっ……これでいいでしょ」

だが、ベッドで添い寝して貰《もら》ったまでは温かい感触がして良かったのだが……。

「あなたのせい」

「……眠れない」

「子守唄」

「ねえ……寝たの……」

「お話……」

「ちょっと……寝ないで」

朝までこんな調子で耳元で囁《ささや》くのはやめて欲しい。

我が侭になれとはいったがこんなに順応が早いとは。

「くぅーー、くぅーーー」

それでいていつの間にか自分だけ寝息を立てて眠っているのだからこっちが驚かされる。

「気持ち良さそうに寝てるな……」

ラパーナの寝顔を眺めながら僕はもう一度眠り直した。

朝食は諦《あきら》めるとしよう。


後日ラパーナはクリスティナに内々で呼び出されることになる。

彼女のご主人様であるヴァニタスにも、奴隷仲間のヒルデガルドにも内密な会合の中で、クリスティナは神妙な面持ちを浮かべラパーナに話し掛けた。

その様子はとても言い難《がた》そうで、クリスティナには珍しくモジモジと両手の指を突き合わせる煮え切らない態度だった。

「ラ、ラパーナ……主様《あるじ》に寝室に呼ばれるなど……その…………実際どうだったんだ？　私はそういったことに経験がないから」

「……………」

この時ラパーナが『駄目だコイツ、早くなんとかしないと』と思ったかは定かではない。

しかし、クリスティナは変わってしまったと、ヴァニタスに嘆くのは遠い未来のことではないだろう。

「クリス姉はあんなにポンコツじゃなかった！　責任とって！」

第二十三話　仮初の婚約者

唐突だが物語《ストーリー》の中にヴァニタスを慕うヒロインはいない。

それは、ヴァニタスが悪役の役回りであり、主人公にヒロインを供給する役だからだ。

ヴァニタスは物語の中で必ず敗れ、奴隷の娘たちを主人公に差し出すことを運命づけられている。

そんな中、一応唯一のヴァニタスのヒロインと言えなくもない存在はいる。

しかし、ヴァニタスの婚約者である彼女は周囲に『仮初の婚約者』と公言しているほど彼を毛嫌いしていた。

元々が父親の決めた政略結婚であり、ヴァニタスには愛情など一欠片《ひとかけら》もなく、暴虐の限りを尽くす魔法学園の問題児に惹《ひ》かれる要素など微塵《みじん》もなかった。

なにより彼女は気が強く、同時に我が強い。

そして、ヴァニタスは我が侭《まま》放題で理不尽を周囲に押し付けるためか、そんな彼女とは反りが合わなかった。

故にそのことを知っているヴァニタスは、名もなき彼《ヴァニタス》は、自分には愛《いと》おしき奴隷たちはいてもヒロインなどいないと半ば諦《あきら》めていた訳だが……。

「お父様！　長期休暇の間は友人とお茶会の用事が入っていましたのに、何故《なぜ》わたくしが呼び出されなければならないのです！　説明して下さいませ！」

とある貴族の邸宅で耳を劈《つんざ》くかのような金切り声が響く。

声を発したのは菫色《すみれいろ》のウェーブがかかった髪の一人の少女。

不機嫌さを隠さない彼女は、万華鏡の如《ごと》く綺羅《きら》びやかに色彩を変える瞳《ひとみ》でもって、眉尻《まゆじり》を上げながら目の前の人物を糾弾していた。

「いやなにお前も婚約者のことが気になると思ってな」

少女の発する怒気を軽く受け流す人物は彼女の父リバロ・ランカフィール。

ランカフィール伯爵家の当主であり、帝国各地に散った一族を束ねる長《おさ》である。

「婚約者ぁ？　ヴァニタス・リンドブルムのことですか？　あんな放言男、容姿は可愛《かわい》らしくともわざわざ会いたくもありませんわ！」

「まあまあ、そう邪険にするな。仮にも幼い頃からの婚約者だろう」

「お父様こそ戯言《ざれごと》をおっしゃらないで下さいまし！　幼い頃に勝手に取り決められた結婚相手ですのよ！　知っていまして？　『ヴァニタス・リンドブルムは侯爵家の威光を身勝手に使う、貴族の中でも我が侭放題に過ごすクズ』なんて噂《うわさ》されるほどですのよ！　わたくしがあの方

の婚約者というだけでどれだけ苦労しているか。お父様はわかっていらっしゃらないのですか!!」

少女の糾弾は正しい。

ヴァニタスは魔法学園でも有名な悪童であり、彼の婚約者である少女は肩身の狭い思いをしていた。

どこに行っても、誰《だれ》と話しても話題にあがるのは悪評しかない婚約者の話。

責任こそ追及されないが、陰口を目の前で叩《たた》かれたことすらある。

元凶であるヴァニタスに好印象など抱くはずもなかった。

「まあ落ち着け」

「お父様!!」

「……ふぅ、少しそこに座って話を聞け」

「……わかりましたわ。仕方ありません。お話をお聞きしましょう。まだここに呼び出された理由も伺っておりませんでしたものね」

「はぁ……我が子ながらどうしてこう気が強いのか……」

「なんですのっ！」

「…………なんでもない」

リバロは我が子の威圧に完全に屈していたが、当主たる威厳は失っていない。

一呼吸息を吐き場を引き締めると話を続ける。

「……私が集めた情報だと何やらリンドブルム領に動きがあったらしい。お前は知らんだろうが、魔法総省にはかつて『妖幻《ようげん》』と呼ばれ畏れられた存在がいた」

「はぁ？　そうなのですか？」

「ああ、その一切《いっさい》興味ありませんという顔をやめろ。……まあいい。名をアシュレー・ストレイフォール。帝国で戦争が多発した時代に活躍した魔法使いであり、皇帝陛下も一目置かれる存在。特殊属性魔法、卓越した変身魔法の使い手だ」

「はあ？」

「でだ。リンドブルム領にエルンストは彼《か》の御人を呼び寄せた。近年では一処に留《とど》まって動かなかった人物を当主自らがわざわざ会いに行ってまでな。そして、それに関連して周辺の貴族たちに緊急招集をかけた」

「それは……素晴らしいことなのでは？　確かに緊急招集は不自然ではありますが、別に何も問題はないと思いますけど」

「問題はアシュレー先生を呼び寄せたことじゃない。エルンストが以前とは……まったく異なるということだ」

「エルンスト様が？　まあ、確かにエルンスト様はあまり自ら動くことはありませんから。……確かにおかしいような」

少女はヴァニタスの婚約者という関係もあってエルンストとも面識があった。

確かに優しく配慮の出来る殿方だとは理解出来ても、彼女の印象ではどことなく覇気のない不甲斐《ふがい》なさ漂う男性であり、本当に貴族の当主としてやっていけるのかと心配してしまうほどだった。

「会合に参加した貴族からの情報ではどうやらヤツは自分を散々罵倒していた貴族たちを大勢の前で叱責したらしい。しかも赦《ゆる》しを乞う彼らを一顧《いっこ》だにせず謝罪を受け入れることもなかったそうだ」

「……それ、本当のことですの？　冗談でなくて？」

「お前も何度かエルンストに会っているのだから信じられないだろうが、事実だ」

「それで……もしかしなくてもまさか……」

「そうだ。お前にはヴァニタスの婚約者としての立場としてエルンストの様子を探って貰《もら》いたい」

人は得体の知れないものを恐れる。

しかし、すでに知っている者の変化もまた恐れるものだ。

当主でありエルンストの友人でもあるリバロは、旧友の変化に強烈な違和感を覚えた。

エルンストに一体何があればそんな行動を起こすのか？

頭を埋め尽くす疑問が彼を支配していた。

「……通信用の魔導具《マジックアイテム》はどうなんですの？　エルンスト様とは連絡がつくのでしょう？」

「ああ、少しばかり探ってみたが、多少前より積極的に話すようになったくらいで特に変化はわからなかった。やはり実際に会ってみないとわからないだろうな」

「ではわたくしはエルンスト様の変わった原因を調べればよろしいので？」

「……一応ヒントはある。アシュレー先生のこともそうだが、会合でエルンストは息子のために先生を呼び寄せると言っていたそうだ」

「……ヴァニタス・リンドブルムのため、ですの？」

「それこそ俄《にわか》には信じ難《がた》いがな。あの悪童が何故先生を必要とするのか。理由は不明だ」

「ですが、調査をしないと今後のランカフィール家のためにもよろしくない。リンドブルム家との付き合い方も変わってくるかもしれないと。……わかりましたわ！　エルンスト様の劇的な変化の原因！　このわたくしが必ず暴《あば》いてみせますわ！」

「無理はするなよ。お前の身が一番大事だ。一応我が騎士団からも護衛に何人か派遣する。気を付けていけ」

「勿論ですわ！　このわたくし、マユレリカ・ランカフィールにかかればどのような難題でも解決してみせますわ!!」

　彼女こそヴァニタス・リンドブルムの仮初の婚約者マユレリカ・ランカフィール、怪物《エルンスト》の起こした物語《ストーリー》にない波が呼び寄せた小さな波紋。

彼女がリンドブルム領を訪れ、以前とは異なるヴァニタスと出会った時どんな反応を起こすのか。

真実は誰《だれ》にもわからない。

第二十四話　え？　いまなんといいましたか？

「父上、すみません。いまなんといいましたか？　何故《なぜ》かよく聞こえなかったのですが」

場所は屋敷の会議室。

父上を筆頭に厳粛な面持ちで佇《たたず》むリンドブルム領騎士団団長グスタフ、呼び出された僕に、一応側《そば》に控えさせた奴隷クリスティナの合計四人が、席に座りテーブルを囲む。

ここを訪れたのは突然の呼び出しだった。

しかし、部屋に入ってみれば父上とグスタフは深刻な表情を浮かべていて、どことなく暗い雰囲気すら漂っている。

しかも、グスタフに至っては領民に横暴なヴァニタス《僕》を毛嫌いしていたはずなのに、今日に限っては敵意や警戒心がまったくない。

いや……何かを悔いている？

眉間に皺《しわ》を寄せ、グスタフは重苦しい雰囲気を纏《まと》っていた。

一体どうなってるんだと僕が戸惑っていると、すぐに疲れた様子の父上から理由が説明された。

「……だから、誘拐されたんだ。我が家に向かっていたランカフィール伯爵家の御令嬢マユレリカ嬢……お前の婚約者が」

「……は？」

誘拐？　誘拐ってあれか、攫《さら》われたってことか？

ヴァニタスの『仮初の婚約者』が⁉

というかこのリンドブルム領に来るつもりだったのか、初耳だぞ。

「えっと……それはまさかリンドブルム領内部でのことですか？　いやいや、いくらなんでもウチの領地危険過ぎません？　というか仮にも貴族のお嬢様でしょう。騎士の護衛ぐらいついているでしょうに。何故そんなことに？」

「……待ち伏せです」

グスタフが静かに口を開く。

「マユレリカ様はリンドブルム領に入って暫《しばら》く後に、突然の奇襲を受け抵抗虚《むな》しく拘束されたそうです。賊の奇襲により護衛の騎士も随伴《ずいはん》の使用人たちもほとんどが死亡。我々に急報を届けてくれた騎士も息も絶え絶えの状態でした」

「……言っては悪いが良く逃げられたな。待ち伏せされた完全な奇襲で騎士を一人逃がすとは考えられないのだが」

「どうやら伝言役としてワザと逃されたようです。マユレリカ様の身柄と引き換えに多額の金銭と……その他の要求がありました」

言い淀むグスタフ。

なんだ、余程言い難《がた》い要求でもあったのか？

「うむ、なら首謀者は判明しているのか？」

「ああ、そこからは私が説明しよう。首謀者は名はザギアス。近隣の領地で指名手配されている賊の集団『流血冥狼《ブラッドシャード》』を名乗るヤツらだ」

「……『流血冥狼《ブラッドシャード》』」

「残忍な性格で自由奔放。元は帝国の地方騎士の一人だったらしい。だが、度重なる命令違反と無辜《むこ》の領民を殺害した疑いで追放された。以来帝国各地を放浪し、手下を集め無法を働いていたようだ」

ザギアス、知らない名だが貴族を狙《ねら》うとは大胆なヤツだ。

いつ討伐隊が組まれてもおかしくはないのだが……いや、それから逃げ切ってリンドブルム領まで来たのだからかなりの実力があるということか。

「……先程グスタフは伝えなかったがヤツらの提示した金銭以外のその他の要求とは子供を差し出せということだった」

「子供？　何のために……」

「卑怯《ひきょう》なヤツです。平民の子供をマユレリカ様の身代わりの人質として要求するとは！　我々から逃走するための盾代わりにでもするつもりなのでしょう！　なるべく弱い者をと騎士を通じて通達してきました」

憤り声を張り上げるグスタフに対して、父上は努めて冷静に話を進める。

「未確定だが……ザギアスは他者の血、殊更《ことさら》若い者の血を啜《すす》ることを好むという」

「それは……悪趣味な」

「か弱い子供を要求したのももしかしたら自分の欲求を満たすためかもしれない。だが、マユレリカ嬢を人質に要求を突きつけてきた以上彼女は無事な可能性が高い。問題はどう救出するかだが……」

「そうです。何故こんなところで手をこまねいているのです？　彼女がいつ攫われたのかは不明ですが、手遅れになる前に救い出すべきです。彼女は僕の……婚約者であり、少なくとも我が領地への大事な客人ですよ」

「マユレリカは私にとっても数少ない友人の娘。出来れば無傷で救出したいが……」

父上の様子はもどかしさで息苦しそうだった。

しかし、人質となると騎士団を大っぴらに動かすのは危険だな。

ヤツらもこちらの行動は注視しているだろうし、損切りのためにマユレリカを殺すかもしれない。

「マユレリカ様の誘拐は二日前。身代金の引き渡し場所は判明しているのですが、肝心のヤツらの根城がわかりません。せめてヤツらの内誰か一人でも捕まえられれば潜伏場所を割り出すことも可能でしょうが……」

「そうだな。拷問にでもかければすぐに口を割っただろうに残念だ」

「拷問……」

「ん？　グスタフ、何を意外そうな顔をしている。賊相手だぞ。しかも我らの領地で殺人などという無法を働く輩《やから》。拷問ぐらい何ともない。そもそもお前はヴァニタス《前の僕》が気に食わなかったんだろう。そして、いまの僕も別に信用していない。なら僕が何を発言しても気にならないだろうに」

「いえ……はい、そうですね。私はまだヴァニタス様を信用し切れていません。……ですが最近のヴァニタス様は少し変わったと風の噂《うわさ》に聞いていました。まさか婚約者とはいえ、それほど仲のよろしくなかったマユレリカ様相手にそれほど怒りを表して下さるとは。……この間の鍛冶師《かじし》親子の一件といい。ヴァニタス様は本当に変わられたのですね」

なんだ急に、グスタフめ、変な目で見るな。

そんなに怒っているように見えたか？

別にマユレリカが婚約者だからといって怒っている訳ではないのだが……。

寧《むし》ろ彼女はヴァニタスの婚約者でありながら最終的には主人公に靡《なび》く女、僕としては領民に危害を加える物騒な輩がリンドブルム領に存在していること自体に怒りを覚えるんだがな。

「ヴァニタスが変わったかはともかく、友人の娘《マユレリカ》を危険に晒《さら》すヤツらなど殺しても殺し足りないがな。拷問など生温《なまぬる》いぐらいだ」

「は、はい」

流石父上、怒気だけでグスタフの腰が引けている。

「……いまのところ騎士団を少数に分けザギアスたちの根城を探させてはいるが特に進展はない。身代金の引き渡しまではまだ時間があるが、それまでに見つかるかは我々にもわからない」

「はい。人質のため騎士団を大規模に動かすことも出来ず、少数の精鋭に任せてはいますが事態解決にはまだ時間がかかるでしょう。期限までに見つかればいいのですが……申し訳ございません。騎士団団長として不甲斐《ふがい》ないばかりです」

人質に、少数精鋭しか動かせない、そして賊たちの居場所もわからない、か。

「……父上」

「どうしたヴァニタス、何か考えでもあるか？」

「マユレリカの救出ですが僕たちも手伝わせていただけませんか？」

「なに？」

所在のわからない賊の探索とマユレリカの救出に対し、僕にはそれが可能かもしれないアイデアが浮かんでいた。

実行可能かはともかく試してみる価値のある策が。

第二十五話　救出準備と責任の所在

父上に半ば強引《ごういん》に許可を貰《もら》い、マユレリカ救出のための準備を整える。

準備といっても僕のすることは単純だ。

必要な人材に声をかけ、力を借りる、ただそれだけ。

策とは名ばかりの行き当たりばったりの行動だが、捕らえられた客人《マユレリカ》を救出するには試す価値はある。

……それとこれはある意味好機《チャンス》でもあった。

この世界で生きていくには避けては通れない道であり、僕が己《おのれ》の道を進むならいずれぶち当たるだろう壁。

マユレリカを探すことはそれに直面するいい機会だった。

ただ、この広大なリンドブルム領から特定の賊のみを探し出すにはどうしても僕だけの力では解決出来ない。

だから……。

屋敷から数キロメートル離れたとある場所。

ここは父上から彼女たちに直々に与えられた滞在場所であり、同時に仕事場でもあった。

「ヴァニタス・リンドブルム。まさか貴様から私たちに接触してくるとはな。……一体なんのつもりだ？」

鋭い目つきでアシュレー先生を連れてきた僕を睨《にら》みつける一人の女性。

短く切り揃《そろ》えられた黒髪、紫陽花のような繊細な色合いの青紫の瞳《ひとみ》。

アシュレー先生は自分なんかを慕ってくれる可愛《かわい》い娘と評していたけど、僕には確固たる矜持《きょうじ》を持つ凛《りん》とした女性に見える。

そう、彼女こそ僕の目的の人物。

アシュレー先生を護衛し、同時に変身魔法の使い手の監視も兼ねているだろう護衛部隊を率いる者シア・ドマリン。

だが随分と機嫌が悪いようだな。

大方ヴァニタスの噂《うわさ》でも聞いて警戒している、そんなところか。

「簡単なことですよ。ある要人を探すのにちょっとアシュレー先生を借り受けたい、ただそれだけです」

「馬鹿《ばか》な。我々は魔法総省より派遣されたアシュレー様の護衛部隊だぞ。そんなみすみす御身を危険に晒《さら》すような真似を許可出来るはずがない」

拒否は当然だ。

しかし、アシュレー先生の協力はマユレリカ救出には必須。

「貴女ももうすでにご存知でしょう。ランカフィール家のご令嬢マユレリカが誘拐され人質になっています。彼女の救出を行うためアシュレー先生のお力をお借りしたい。故に父上の屋敷を離れる許可が欲しい」

「許可出来ない。アシュレー様は軽々に動かすことの出来ない極めて重要な御仁だ」

「どうしても？」

「……心苦しいが我慢して貰わなければならない。それだけ我々はアシュレー様の御身を御守りする義務がある」

僕の提案を考える余地すらないと切って捨てるシア。

なるほど、中々に意固地な人物のようだな。

「そうですか……だそうですよ、アシュレー先生」

「シア、どうしても駄目かしら。わたし、マユレリカちゃんを助けたいの」

「…………」

「どうです？　駄目ですか？」

「…………駄目です。アシュレー様がお優しい方なのは重々理解しております。しかし……そんな顔をしても駄目です」

うむ、アシュレー先生の渾身《こんしん》の泣き落としも効かないか。

なら……仕方ないな。

「そういえば、これは単に素朴な疑問なのですが、護衛対象が急にいなくなったりしたらどうなんですか？　視界から消え、気配もない。そんな時、貴女たちは対象を見つけ出すために周辺をくまなく捜索するのではないですか？」

「貴様……自分が何を言っているかわかっているのか？　私たちを脅すつもりか？」

「いえ、僕は可能性の話をしています。たとえば護衛対象がどこか賊の潜伏しているような場所で忽然《こつぜん》と姿を消したら、貴女たちなら怪しい場所は虱潰《しらみつぶ》しに探すのではないかと思って」

「っ⁉」

痛いところを突かれたとばかりに苦い表情を浮かべるシア。

そうだ、彼女たちが職務に忠実な分、護衛対象を探し出すためなら全力で周囲を索敵する。

「ふふ、ごめんね、シア。わたし、ヴァニタス君に脅されているの。協力してくれないとあ～んなことやこ～んなことをしちゃうってね」

「な、なんて卑劣な！　ぐっ……ヴァニタス・リンドブルム、やはり噂は本当だったか！」

どんな噂だ、どんな。

まったく……動揺こそしているがそろそろ気づいているだろう？

護衛対象の行動に縛られるのはそちらも同じはずだ。

困るだろ？　アシュレー先生が急にいなくなったりしたら。

「……本当の望みはそれか」

「ええ、僕には賊の居場所を特定する手段はありませんから。使えるところから力を借りるしかありませんよ。それに、貴女たちなら適任です。なにせ監視……ゴホンッ、護衛するのに相応《ふさわ》しい先天属性を持った者たちの集団なのですから」

「私たちにアシュレー様の移動を許可させ、あまつさえ賊の居場所まで特定させようとは……さては貴様ロクでもないな」

そうはいっても緊急事態だ、多少は目溢《めこぼ》ししてくれると嬉《うれ》しいんだが。

「……一つ質問させて欲しい」

「何でしょう」

「マユレリカ嬢を無事に救出出来たとして、彼女が賊に誘拐されたことが広まるのは避けられないだろう。お前は彼女を救出してどうするつもりだ。もしかしたら死よりも辛《つら》い目に合わせる結果になるかもしれないのだぞ。ヴァニタス・リンドブルム、彼女を助けた責任をお前は取れるというのか！」

声を張り上げ、僕に誘拐されたマユレリカを助けた責任を取れるのかと問う護衛部隊の長シア。

彼女の問いの意味することがわからない訳ではない。

だが、僕は――――。

「――――何故《なぜ》僕が責任を？」

「何故……だと？」

彼女の言いたいこともわかる。

賊という無法者に攫《さら》われたマユレリカは貴族令嬢としての価値が著《いちじる》しく低下したのは事実。

もし無事に賊の元から救出出来たとして、この話が外部に少しでも漏《も》れれば、彼女は僕とは別種の後ろ指を刺される存在になってしまうだろう。

傷つけられ、辱《はずかし》められたのではないか、口に出すのも憚《はばか》れる凌辱《りょうじょく》を受けたのではないか、猜疑心《さいぎしん》に苛《さいな》まれた人間ほど、彼女を激しく責め立て追い詰める。

それは、貴族社会を生き抜くことにおいて多大なマイナスであり、本人にとっても永遠に等しいほどの苦痛を招く原因となるかもしれない。

「貴様……それでも彼女の婚約者か？　彼女の未来が、将来がどうだろうと知ったことではないのか？　辛く苦しい現実に直面することになってもどうでもいいというのか？」

「フッ」

「何がおかしいっ！」

「いや何、妄想逞《もうそうたくま》しい人だなと」

「っ⁉」

「助けた責任？　貴女はいちいち誰《だれ》かを助けたら最後まで面倒を見てあげるのですか？」

「いや……それは……」

言い淀むシアに僕は続ける。

彼女も本当はわかっているはずだが、そのうえであえて責任という言葉で僕に問うた。

覚悟を聞きたいのだろう？

僕が彼女を救出したとして、望まない現実に両方が直面することを考え、警告の意味で質問した。

……甘い女だ。

だがあえて聞いてくるのなら、こちらも返さないと失礼だろう。

「確かにリンドブルム領内でこんな大事件が起きたのです。賊の仕業とはいえ責任の一端は我らにもあるでしょう。しかし、護衛についていたのはランカフィール家の騎士。敗北すればすべてを奪われるのは道理です。責任というのなら彼らにもある。……あまり故人を悪く言いたくはないですがね」

「…………」

「助けた後のことなんてどうでもいいんですよ。助けることに意味がある。僕や父上の立場ならランカフィール家のご令嬢を助けるために精一杯動いた事実があればそれでいい。まあ、父上は友人の娘ということで多少罪悪感が湧くでしょうが僕には関係ない」

「だが……それは……あまりにも……」

非情に見えるか？

だが、それが僕の率直な意見でもある。

「自惚《うぬぼ》れるなよ、シア・ドマリン」

「っ⁉」

「お前がマユレリカ《彼女》の価値を決めるのか？　彼女にとってただの他人でしかないお前が」

こう言えるのはきっと僕が転生者だからだろう。

簡単に他人を虐げられる権力の与えられた貴族の中にあって、転生故に異端児ともいえる僕だからこそ言える言葉。

「清廉潔白でなければ許せないか？　将来が不安だからと自らの首を切らせるのか？　その選択はお前がするものじゃない。そして、僕が決めるものでもない。何時だって行動と結果の責任を取るのは誰でもない。マユレリカ自身だ」

助けた責任など知ったことか。

彼女の結末は彼女が決める。

誰も口出しなど出来はしない。

「僕は彼女を助ける覚悟があるぞ。辛くとも現実を直視する覚悟が。シア、お前はどうだ。ここで何もせずただ事態の成り行きを眺めているだけか？　それとも僕に協力して生きているかもわからないマユレリカを救出するために足掻《あが》くことが出来るのか？　さあ、どちらを選ぶ」

「私、は……」

初めてシアに出会った時の印象は薄れていた。

迷い自らの立場に板挟みになる者の姿。

しかし、答えが返って来る前に話に割り込む者がいる。

「ごめんね、ヴァニタス君は厳しいことを言ったけど、わたしも救出には賛成よ。マユレリカちゃんを一緒に助けましょう。ね、シア」

「アシュレー様……」

「それにね。シアの心配していることなら起こらないわ。ふふ、だってヴァニタス君は強いもの」

うむ、いいところだったのだがな。

しかし、あまり追い詰め過ぎるのも酷か。

結局はシアには護衛部隊の長というおいそれと自らの仕事以外のことを出来ない立場がある。

そう、脅して協力を取り付けようとする僕とは違うのだから。

でもわかっているぞ。

本当はお前もマユレリカを助けたいと願っているのだろう？

なにせ助ける側の僕の心配までする甘い女だ。

立場がなければ自分から協力を願い出てもおかしくない。

「シア、お前にも都合がいいように言ってやろう。――――力を貸せ、僕のために」

「お前のために……？」

「ああ、お前の意思は関係ない。お前の懸念も無用なものだ。ただ力を貸せ。リンドブルム領に蔓延《はびこ》る害虫を駆除するために。マユレリカの行き着く先と覚悟をこの眼で見届けるために」

「……………身勝手な男だな。だが、私の方が覚悟が足りなかったのだろうな。お前の説得には何故《なぜ》か納得してしまった。ヴァニタス・リンドブルム、貴殿を見誤ったことを詫《わ》びよう。そのうえで私たちにもマユレリカ嬢の捜索の協力をさせてくれ」

これで賊の根城捜索の手段は得た。

あとは戦闘への備えと遠征するメンバーの選定だけだ。

果たして、いま生きているのかどうかさえ定かではないマユレリカのことを思う。

だが、生きているなら救ってやるぞ。

その後どうなるのかはお前次第だ。

理不尽な困難に屈し目を背《そむ》けるか、絶望的な状況でも泥水を啜《すす》り生き抜くのか。

マユレリカ、お前は何を選択する？

Episode 26

第二十六話 マユレリカ・ランカフィールの絶望

松明《たいまつ》の明かりだけで照らされるどこかの洞窟の内部。

影は濃く、何が隠れているかすら窺《うかが》えない濃厚な死の香りが立ち込める場所。

どうしてこうなってしまったのでしょう。

わたくしにはわからない。

閉じ込められた檻《おり》の中で死臭を嗅ぐ。

ニオイの原因はわかっている。

無造作に置かれた無数の骨、壁には赤黒くこびりつき染みとなったなにか。

……徐々にニオイが身体に染み付いているようで吐き気がしますわね。

洞窟の大部屋にわたくしたちは囚《とら》えられていた。

視線の先には項垂《うなだ》れ疲れ切った使用人たちがわたくしと同じように檻に入れられ捕まっている。

わたくしが一人に対してあちらは女性ばかりの四人。

そう、四人、たったの四人しかいない。

最初はもっと多くの、それこそ十人以上の使用人たちがいたはずなのに、時々現れる見張り以外の賊に連れていかれて以降姿が見えない。

……嫌な想像しか出来ない。

連れていかれた先でどんな惨《むご》たらしい目に遭っているかすら考えたくない。

あの声が……耳に残っている。

耳を切り裂く悲鳴、必死に抵抗を表す怒声、助けを求める命乞い……わたくしの名を叫ぶ声。

それでも最後には勝利の余韻を味わい嘲笑《あざわら》う賊たちの声が、反響するように響いている。

……連れて行かれた娘は帰ってこなかった。

「よお、お嬢様。どうだ、そろそろ音を上げたかぁ？」

下卑《げび》た声、不躾《ぶしつけ》な視線。

わたくしに声をかけてきたのはこの集団のリーダーを名乗る男だった。

ザギアス、わたくしの、ランカフィール家の騎士たちを、両手に握った二振りの剣で喜々として殺していった男。

「…………何の御用ですか？」

「連れないなぁ、ランカフィール家のお嬢様ともあろうものが。オレは様子を見に来ただけだぜ。そろそろ心が折れたかなぁ、ってよ！」

酷《ひど》く醜《みにく》く歪《ゆが》んだ顔。

檻の向こうに立つザギアスは嗤《わら》っていた。

わたくしが暗闇《くらやみ》に沈んでいくのを安全な場所から眺めていた。

「くっ……それよりこの場に見えない他の使用人たちは無事なのでしょうね！　連れていかれた彼女たちはどうしたのです！　それに、まだ生存していた騎士たちは！　貴方はわたくしに約束した！　必ず彼らに治療を施すと！　どうなのですか！」

「おうおう、たった二日じゃあ流石にまだ威勢がいいな。……勿論《もちろん》無事だぜ。ウチの配下共が連れてった使用人たちもな。俺《おれ》たちも無闇矢鱈《むやみやたら》に殺しがしたい訳じゃねぇからな。騎士たちだってちゃ〜んと治療してやったたって。ま、何人かは治療の甲斐なくぽっくり逝《い》っちまったが、誤差だよな誤差」

嘘《うそ》、ですわね。

この男が使用人たちの安全の保障や騎士たちの治療なんてするはずがなかった。

軽い、あまりにも軽過ぎる口約束。

でもわたくしはそれに縋《すが》るしかなかった。

あの舞い散る鮮血と霧のような赤に、わたくしが人質になる他手はなかった。

でなければわたくし以外の全員があの場で殺されていてもおかしくなかった。

「それにしても使用人の心配とはなぁ。ランカフィール家は商人の成り上がりだって聞いたが、平民にもお優しいもんだな」

ランカフィール家は元々商人がいまの地位まで成り上がった家系。

お父様のそのまたお父様、名だたる商人であったお祖父様は、皇族の方々や貴族とも取り引きのある大商人で、当時の皇帝陛下から爵位をいただいてからはその販路を拡大、ランカフィール家はいまや伯爵家となった。

もっとも歴史の浅い成り上がり者としてランカフィール家は蔑まれることもありましたが、その時は認識を改めなさいと厳しく糾弾したものです。

「……お祖父様の教えですわ。平民だろうと別け隔てなく接しなさいと」

「ハハハッ、ば、馬鹿《ばか》な貴族がいたもんだ！　だから簡単に捕まんだよ！　平民に優しくだぁ、権力があるのに何故使わねぇ！　俺だったら欲望の赴くままに貴族の特権を使うのによぉ！　お前、商人の癖《くせ》にえらく無駄なことをするんだな！」

「ぐ…………これは我が家に伝わる家訓ですわ。貴方には関係ないでしょう！」

「ハハハ、ハハ……はぁ……お前ら貴族ってのはどうしようもないよな。自分がこれ以上ないほど追い詰められてるってのにまだ我を通せると思っていやがる。おい、お嬢様よぉ。自分の置かれてる状況わかってんのかぁ？　……連れて来い」

高笑いをしていたのが急に小声で話し出し始めたと思えば、ザギアスは側《そば》に控えていた部下に何かの指示を出す。

部屋を駆け足で出ていった賊の一人が連れてきたのは思いも寄らない人物だった。

「マ、マユレリカお嬢様！」

「っ⁉　リリカ！　貴女無事だったのですわね！」

リリカ、わたくしの側仕えとして常日頃から世話をしてくれていた使用人の一人。

屋敷の使用人の中でも同世代であり、栗色の髪をした小柄で可愛《かわい》らしい顔立ちの女の子。

貴族と平民、立場の違いはあれど共に過ごし、成長してきた彼女とは気の置けない親友のような間柄。

その彼女が生きていた。

襲撃の後わたくしたちとは離れ離れになっていた彼女が生きて……。

わたくしは思わず檻から手を伸ばす。

でも……届かない。

賊に押し留《とど》められながらも必死に伸ばしてくれたリリカの手に届かない。

「どうだぁ。感動の対面だろ？」

「リリカ！」

「お嬢様！　お嬢様っ！」

「おーおー、元気を取り戻しちまってまあ。でもこれでわかっただろ？　そこの四人以外にも人質はいる。こいつはその一例だ。マユレリカお嬢様よぉ、お前さんが少しでも逃げようとしたり、手を煩《わずら》わせるようなことをしたら……こいつがどうなるかわかってるな」

「ぐ……リリカを人質に……」

「初日みたいに活きが良いのも悪くないが、魔法で檻を壊されても面倒なんでな。まあもっとも人質なんていなくとも俺には逆らえねぇ、だよな？」

視線がねっとりと絡《から》みつくように身体を縛る。

そうだった。

わたくしも最初は脱出しようと手を尽くした。

でも……駄目だった。

抵抗する気力すら打ち砕かれた。

わたくしの先天属性の一つ『宵闇《よいやみ》』もザギアスには簡単に砕かれてしまう。

それに……。

「そうだお嬢様、またその高貴な血をいただこうか」

「ヒイッ⁉」

「おいおい、そんなに怖がんなよ。傷つくだろうが。初日に血を啜《すす》ってやったのがそんなに嫌だったかぁ？　ちゃんと傷口は回復薬《ポーション》で治してやっただろ？　まあ、お前らの持ち物から貰《もら》ったヤツだが」

ザギアスの言葉にあの悍《おぞ》ましい感覚が蘇《よみがえ》る。

抵抗するわたくしの腕をザギアスは剣で切りつけた。

熱く焼けるような痛み。

滴る血液は鮮やかに赤く、この場所の死臭と相まって噎《む》せ返るような匂《にお》い。

「ハァ、ハァ、ハァ、ハァ」

呼吸が乱れる。

駄目、思い出しては駄目。

あの気持ち悪い舌が腕を這《は》う感覚、血液を啜る音、どれもがわたくしの心を掻《か》き毟《むし》る。

「おい、吐くなよ」

「………………は、吐きませんわよ」

「じゃあ、腕を出せ。また、貰ってやるよ。お前の血を」

「い、嫌ですわ！　貴方に触れられるなんて考えたくもない!!」

無我夢中で拒否していた。

でもその態度はザギアスを苛《いら》つかせるだけだった。

「マユレリカお嬢様よぉ、言っただろ。お前にはもう自由なんてねぇんだよ。我が侭《まま》を通せると思うなよ。……来い」

「きゃっ!?」

「リリカ！」

「お嬢様は自分以外が傷ついても嫌らしいからな。――――ほらっ、これでどうだ？」

「――――え？」

一瞬の出来事。

「きゃあああっ――――!!」

「うるせえな。ちょっと足を切りつけてやっただけだろうが」

「あぁっ」

リリカの左足から鮮血が舞い、彼女は傷口を押さえて地面に勢いよく倒れた。

「おら、立て！」

「ああ、あぁ、痛いぃ……」

「お嬢様、よく見ていろ。お前が俺たちに逆らう真似をしたらこうなるってことを。……短剣を寄越せ」

「ま、待ってぇ!!」

静止の声など聞いていなかった。

いいえ、あえて無視していたのだろう。

ザギアスのニヤついた横顔が、お前のせいでこうなるのだとわたくしを責めていた。

部下から手渡された短剣を手にザギアスは――――リリカの顔を突き刺し切り裂いた。

「あああっーーーー!!!」

「リ、リリカ……」

「ハハハハハハッ、どうだ？　これで使用人に相応《ふさわ》しい顔になっただろ。おっと、溢《あふ》れちまう」

「あああ――――――!!!!」

リリカの首を伝《つた》う血をザギアスが舐《な》めとる。

わたくしはそれを見ながら何処か現実感のない感覚に陥《おちい》っていた。

「じゃあな、お嬢様。精々大人しくしていろよ」

痛みに泣き叫ぶリリカを強引《ごういん》に引き摺《ず》り、ザギアスたちは上機嫌に去っていった。

何も、出来ない。

檻《おり》に囚えられ、恐怖に支配させられたわたくしはあまりに無力だった。

地面に滴り溜《た》まる血に、踏み潰《つぶ》された蝿が浮かんでいる。

強い力に潰され、血に溺れ藻掻《もが》くただの羽虫。

あれはわたくしと同じだった。

問題は誰《だれ》を連れていき、どう賊に対処するか。

リンドブルム領騎士団のディラクの元を訪れた僕たちは、彼に頼んでおいた装備を受け取り、戦闘の準備を整えていた。

「ヴァニタス様！　その……すみません。このような武具しか御用意出来ず、まだ依頼された専用の武具には手を付けられていない状態でして……」

「構わない。今回は不測の事態だ。騎士団に卸しているものと大して変わらずとも、いま所持している武具よりかは遥《はる》かにマシだ。僕たち用の特別な武具はまた今度でいい」

「はっ、そう言っていただけると助かります」

ディラクから騎士団へと卸している武具の中でも上等なものを譲り受ける。

僕には軽い短剣と一応急所を守るための金属製の胸鎧《よろい》、あまり重いものだと動けなくなるため心臓の部分だけが厚い金属で出来た胸当てだけだが、これだけでも不意の攻撃には耐えられるため着けないよりはマシだろう。

クリスティナには新しい片手剣と女性物の装備一式、片手剣は銘こそ無いもののディラク製作のものでも、クリスティナの素早い剣術にも対応出来るなるべく細く軽い刃の剣を見繕った。

また、全身に纏《まと》う騎士団採用の鎧は彼女には大仰過ぎるので、ある程度パーツを外し動きやすいよう調節した。

ヒルデガルドは武具を身に着けることをあまり好まないため当初は何もいらないと言っていたが、流石にそれでは無防備過ぎる。

取《と》り敢《あ》えず服の下に着込む鎖帷子《くさりかたびら》の最も軽く動きを阻害しないものを身に着けさせた。

戦闘に支障があるようなら外せと伝えてあるがいまのところは気にならないらしい。

飛び跳ねたり、小走りしては動きを確かめている。

そして、僕たちが新しい装備を見繕っている間、手持ち無沙汰《ぶさた》に眺めていたラパーナは
――。

「ラパーナ、お前は屋敷に残れ」

「え……？　なんで……ですか？」

「お前にはまだ戦闘に耐えられる能力はないからだ」

「でも……」

「クリスティナは剣術と水魔法。ヒルデガルドは格闘と泥魔法。変身魔法を極めたアシュレー先生は言わずもがなとしても、ラパーナ、お前では足手纏《あしてまと》いだ」

ラパーナの戦闘能力は現時点では高くない。

争いを好まない彼女は模擬戦にも消極的であり、自己鍛錬もまだまだ足りていない。

マユレリカを攫《さら》った『流血冥狼《ブラッドシャード》』の連中はかなりの実力者が存在することが窺《うかが》える。

人質を取られて動きを観察されている以上騎士団は大っぴらには動かせないため、ラパーナ一人を守りながら戦うのは今回は厳しいだろう。

故にラパーナは連れていけない。

僕はその辺りの事情を彼女になるべく優しく伝えたのだが……。

「わかり……ました……ご主人様の命令通りに……」

「ああ、僕たちの帰りを待っていろ」

ラパーナは当然のようについてくるつもりだったのだろう。

見たことのないほど意気消沈していた。

しかし、これも必要なこと。

彼女には今後の成長を期待するとして今回は残って貰う。

物語《ストーリー》中の彼女はヴァニタスの奴隷の間、戦闘行為に参加することはなかった。

ヴァニタス自身が期待していなかったのもあるが、理不尽な暴力に晒《さら》され萎縮していた彼女は自分自身が戦うということに意識が向かなかった。

主人公にヴァニタスの元から助けられ己《おのれ》を見返すまでは、戦う意思を持てなかった。

「ラパーナ、いまもし共に戦えなくて悔しく思ってくれているなら……もっと強くなれ」

「……………はい」

ラパーナは顔を伏せたままだったが確かに頷《うなず》いていた。

さて、ラパーナのことも気になるが、気持ちを切り替え次だ。

現時点で判明している情報を整理しよう。

騎士団の拠点で回復薬《ポーション》など必要なものをついでに掻《か》っ攫い、シアの元へ。

「『流血冥狼《ブラッドシャード》』について持っている情報を共有したいと思う。いいか？」

僕はこの場に集まった皆に声をかける。

クリスティナ、ヒルデガルド、アシュレー先生、シア、あとはシアの部下が何人か。

この場にいる者がマユレリカ救出のための核となるメンバーになるだろう。

「まず初めに『流血冥狼《ブラッドシャード》』という組織。これについては父上からある程度は聞いているが……シア、どうだ何か聞いたことはあるか？」

「いえ……残念ながら私もあまり。……ただ貴族を襲うような集団だ。かなり気が狂っている連中だと推察出来るが」

「ええ、わたしもヴァニタス君から聞かされて驚いたけどマユレリカちゃんと交換で金銭と……何よりか弱い子供を要求するなんて、気が狂っていないとそんなことは出来ないでしょうね」

「しかも生き血を啜《すす》るのですよね。悍《おぞ》ましい連中です」

「血、吸われたく、ない」

指名手配はされていてもあまり知名度はないか。

とはいってもシアもアシュレー先生も最近リンドブルム領に来たばかりだし、『流血冥狼《ブラッドシャード》』の情報にはあまり期待していない。

取り敢《あ》えずヤツらが危険で気の狂った連中の集まりだと共通の認識が出来ていればそれでいい。

「うむ、では次だ。相手方の戦力について。これは指名手配で近隣に公開されている情報と、逃げ延びた騎士が話してくれた情報がある」

「賊たちの人数はどう？」

「総勢約十五人程度だと思われます。これは指名手配されている情報ですが、騎士の証言とも合っている。ただ見せていないだけで予備戦力ぐらいいるでしょう。まだ人数は多いと見た方がいい」

「ああ……そうだな。往々にして犯罪者とは徒党を組むものだ。手配されている人数より多いのは確定だろう」

シアも僕の考えに同意してくれたがやはり人数は多く見繕っていた方がいいだろうな。

「確か……リーダーのザギアスは『血霧』と『剣』の先天属性を所持しているのですよね、

主様《あるじ》」

「血系統の属性……中々珍しいものね」

「二属性持ちか、賊の頭領にしては持っている方か」

先天属性を二つ持つ者は多くいる。

ただ賊のような無法者に身を落とす奴は大抵が一つであり、そういった意味では地方騎士出身のザギアスは素行はともかく実力はあるのだろうな。

「生き残った騎士の話ではザギアスの血の霧によって撹乱《かくらん》させられた騎士たちは次々と討ち取られていったらしい」

「そうね。となると広範囲に血の霧を拡散出来る可能性もあるわ。分断されると大変かもしれないわね」

「しかも『剣』の先天属性か……接近戦も隙がないと考えた方がいいだろうな。ところで他の戦力はどうなんだ。騎士たちをほとんど打ち倒したと言ってもそのザギアスという頭領だけが強い訳ではあるまい」

「ああ、他にも実力のある配下がいるようだ。名前はバローダとガドット。両方とも男だ。屈強で筋肉質の大槌《おおつち》使いがバローダ。弓使いがガドット、こちらは他の配下たちを引き連れ弓隊の真似事をしているようだな」

ザギアスだけ警戒すればいいのではない。

配下の連中にも実力のある者たちが紛れているだろうし、情報にはなくともまだ隠れた戦力を所有している可能性もある。

僕たちはシアの部下たちが、『流血冥狼《ブラッドシャード》』の根城を調べてくれている間、マユレリカ救出のための準備を着々と整えていた。

そうして二日後、ようやくヤツらの根城が判明する。

第二十八話 マユレリカ・ランカフィールの苦悩

あれから何日経《た》ったのだろう。

洞窟の暗闇《くらやみ》に閉ざされたままだと時間の感覚がない。

リリカを連れ去ったザギアスはあの後わたくしの前に度々姿を現した。

「お嬢様よぉ。どうだ苦しいか？　楽になりたいか？　こんなところに閉じ込められるなんて初めてだもんなぁ。辛《つら》いよなぁ」

何が楽しいのかわたくしを挑発するように顔を見せる彼。

「そういえば貴族令嬢ってヤツは貞操《ていそう》が大事なんだっけかぁ？　得体の知れない賊に攫《さら》われたって周りの奴《やつ》らに知られたらどうなるんだろうなぁ」

「…………え？」

「ハハッ、お前もし無事に取り引きが成立して、家に帰れたとしてももう居場所なんてねぇんじゃねぇか？　『穢《けが》らわしい』って誰《だれ》からも拒絶されるだろうよ。あーあ、可哀想《かわいそう》に。マユレリカお嬢様は変わってしまわれたってなぁ！」

……無事に帰れた後のことなんて考えてもいませんでしたわ。

でもそう、貴族は体裁《ていさい》を重んじるもの。

わたくしは……帰れたとしてもランカフィール家に要らないモノに、な、る？

「おい、また泣いたのか？　泣いたって状況は変わらねぇぞ」

ただただ嘲笑《あざわら》うザギアスを前に、いつしかわたくしは死について考えていました。

突然の奇襲に呆気《あっけ》なく亡くなってしまった護衛の騎士たち、わたくしを庇《かば》い身代わりになろうと身を挺《てい》してくれた使用人たち――――リリカ……彼女はいまどうしているのでしょう。

足の傷は浅かったはず、治療さえ出来ていれば傷は残っても治る見込みはある。

でも、女性の顔を傷つけるなんてなんて、なんて酷《ひど》いことを……。

わたくしの腕の傷のように回復薬《ポーション》を使って貰《もら》えたのかすらわからない。

先の見通せない暗闇は何も教えてはくれませんでした。

死、死、死、この場所には死の気配しか存在しない。

安寧はなく、いつ凶刃がこの身を切り裂いてもおかしくない。

共に囚《とら》えられた四人の使用人たちも残っているのはアンヴィーとローラの二人だけであり、わたくしがどんなに呼び掛けても、彼女たちはすべてを諦《あきら》めてしまったように反応がありませんでした。

――――わたくしはここで死を選ぶべきでは？

嫌な考えが脳裏に浮かび、同時実感していた。

お父様はわたくしをいつも愛して下さっていたと。

わたくしがどんな我が侭《まま》をいっても、受け止め、戒め、諭してくれた。

愛をもって接してくれた。

そのお父様《家族》から侮蔑の眼差《まなざ》しで見られる?

……嘘《うそ》、そんなはずがない。

お父様がわたくしを捨てるはずがありませんわ。

でも、こんな惨状のわたくしを見たらお父様はどう判断しますの?

自死を選ぶべきかどうすべきか、わたくしは延々と苦悩に囚われ、抜け出せない袋小路に追い詰められていた。


コツコツと洞窟内を反響する音に気づく。

サラサラとした布切れの音は誰かがこの場所へと近づいてくる音であり、監禁生活で敏感になった聴覚はいつもとは違う人物の接近を知らせていた。

「あ、姐《ねえ》さん」

「見張りご苦労。そのままでいいよ。ちょっとお貴族のお嬢様に話があるだけだから」

女性の……声?

「やあマユレリカお嬢様、ご機嫌はいかが?」

現れたのは赤く血の色のようなドレスを纏った女性、ドレスといってもよく見ればところどころ布が解《ほつ》れていて、サイズも少し合っていないように見える。

どうやらドレスの下には防具のようなものを着込んでいるらしく、不自然な凹凸が生じていた。

女性は分厚いブーツで地面をコツコツと鳴らすとわたくしに向かって一直線に歩いてくる。

「た、助けて下さいまし！」

「ん？　ああ、何か勘違いしてるのかい？　アタシはイサベル。多分アンタの想像とは違うよ。なんたってアタシはこのザギアス様率いる『流血冥狼《ブラッドシャード》』の一員なんだから」

「え……？」

『いわばアンタの敵だね』と笑いながら宣言する女性。

ザギアスの……仲間？

「へー、もう何日も監禁されてるのに綺麗《きれい》なままとはね。あっちの娘たちは汚れて酷いもんだけど、貴族のお嬢様ってのは何かが違うのかねぇ」

観察するような視線には確かな敵意があった。

「なん、ですか」

「いやいや、ちょっと話がしたかっただけさ。ザギアス様の執着するご令嬢にね」

「執、着？」

「だってそうだろう？　人質としてはアンタは生きてさえいればいい。なのに手足の一本も切り落とさなければ、配下共に凌辱《りょうじょく》させる訳でもない」

「あ……それは……」

「なんだ、そんなことにも気づかなかったのかい？　攫われたんだ何されたっておかしくないだろうに」

アハハと笑うイサベルに得も言われぬ恐怖を覚える。

「ザギアス様はさ。貴族が嫌いなのさ。傲慢《ごうまん》で権力に酔いしれ、自分が万能だと疑わない貴族が。………ザギアス様のご家族は貴族に殺されたのさ。別になんてことはない。馬車の前を横切っただけで『無礼な！』ってね」

「⁉」

「あの方がまだ騎士だった頃、ご家族は殺された。ただ善良に日々を生きてきただけなのに無惨にも。それからあの方は狂っちまった。まあ血を啜《すす》るのは元から趣味だったみたいだけどね。でも歯止めが効かなくなっちまった。自分も貴族のように傲慢に振る舞ってもいいんじゃないかってね」

「そんな……」

「『流血冥狼《ブラッドシャード》』はザギアス様の狂気に魅入られて集まった連中さ。中にはザギアス様のように貴族の横暴に耐えかねて賊へと身をやつした連中もいる。アンタは不運だったねぇ。アタシたちがたまたま潜伏している場所の近くを横切るなんて。リンドブルム領に来たばかりのアタシたちが次の獲物を探している最中に出くわすなんて、ちょっとすれ違っていれば襲われずに済んだのに」

衝撃だった。

ザギアスのわたくしに対する執拗《しつよう》な態度も、ちょっとした不運で襲われた真相も、どちらの事実もわたくしを打ちのめしていた。

しかし、物事は畳み掛けるもの、わたくしたちが監禁されている大部屋に誰かが走ってくる。

「あ、姐さん！」

「んあ？　話の腰を折るんじゃないよ！　……で？　なんだい」

「そ、それが拠点の前にこいつがいて。あまりに無抵抗だったんで縛って連れて来たんですけど……」

「黒い……兎《うさぎ》獣人？　おお、こいつは珍しいんじゃないかい」

賊の一人が連れてきたのは一人の獣人の女の子。

わたくしより年下に見える彼女は、項垂《うなだ》れるように俯《うつむ》いていて表情は窺《うかが》えない。

「アンタ名前は？」

「………ラパーナ、です」

彼女は可愛《かわい》らしくもか細い声で名を名乗った。

イサベルがそれを見て一層笑みを深めていた。

Episode 29 第二十九話 マユレリカの嚇怒《かくど》

「ラパーナ、可愛い名前じゃないか。見たところ首輪はないようだけど、奴隷にでもされそうになったところを逃げてきたのかい」

うっとりとした様子でイサベルが獣人の女の子の頬《ほお》を撫《な》でる。

ラパーナ……あんな小さい娘がなぜこんなところに。

「そうだねぇ……この黒く艶《つや》やかな毛並み。兎獣人は白いはずなのに黒とはまた珍しいねぇ。アンタは高く売れそうだ。アハ、安心しな。アタシらがアンタに相応《ふさわ》しいご主人様の元へ連れてってやるよ」

わたくしたちだけでは飽き足らず、あんな小さい娘まで毒牙にかけようというの？

思わずわたくしは叫んでいた。

問い掛けなければすまなかった。

「ま、待って下さいまし！　貴女たちはこんな小さい娘まで奴隷として売り払おうと言うのですか⁉」

「そうだよ。アタシらは所詮賊の一人。お貴族様とは違うのさ。なんでも金に変えて、なんでも奪って生きていく。そうするしか生きていく術《すべ》をしらないんだから」

「だからって……こんな年端もいかない女の子を……」

「うるさいお嬢様だねぇ。ラパーナもそう思うだろ」

「……………」

怯《おび》えるラパーナの瞳《ひとみ》は……澄んでいた。

こんな状況に動じていない？

どんな経験をしたらあんな……何か辛《つら》いことでもあったというの？

「……………そうだ。話があるといったね」

「…………」

「アンタの護衛の騎士たちだけど――――全員死んだよ」

「…………は？」

全員……亡くなった？

「嘘《うそ》……」

口の端を吊《つ》り上げた彼女の発言が嘘なのか本当なのか判断がつかない。

でも、嘲《あざけ》っていた。

苦しむわたくしが心底嬉《うれ》しいと愉《たの》しんでいた。

「ザギアス様と何か約束したみたいだけどねぇ。そんなのは所詮適当なその場しのぎさ。大体ザギアス様がお貴族様との約束なんか守る訳ないだろう」

「なんて……ことを……」

「それとも一つ……リリカだったたっけ？」

「まさ、か」

「死んだよ。呆気《あっけ》なくね。『顔が痛い、痛い』って叫んでたけど、死ぬ時は早いね。ぽっくり逝《い》っちまったよ」

「ああ！　ああぁっ!!」

「どうだいお嬢様。自分の不運を嘆いてくれるかい？　貴族に生まれなければこんなことにならなくても済んだのにねぇ」

「あ、姐さん。勝手なことをしていいんですかい？　お頭に怒られるんじゃ」

「いいんだよ。ちょっとくらい壊しておいた方がこの後の取引も上手《うま》くいくさ。そうだろ？」

「は、はぁ」

リリカが……死んだ？

あのリリカが？　いつもわたくしに屈託《くったく》なく笑いかけてくれたリリカが？

親友で、家族で、掛け替えの無い存在だったリリカが？

「ああ！　あああぁっ！」

この時わたくしの何かが壊れたのかもしれない。

誰《だれ》のせい？　こんな状況に陥《おちい》ったのは誰のせい？

誰が騎士たちを殺したの？
誰が使用人たちを殺したの？
わたくしの……せい？
――違う。
この理不尽はオマエたちのせいだ。
わたくしにはずっと隠しておきたいことがあった。
醜く恥になるからと秘していた事実があった。
魔法学園では入学時に自らの最も得意とする属性、先天属性を調べる。
わたくしは……調べて欲しくなかった。
ヴァニタス・リンドブルムが先天属性の測定を避けた時、わたくしは幸運だと思った。
これでわたくしも自らの秘密に直面しなくて済むと。
「――黒蝿《ムスカ》」
耳障《みみざわ》りな音と共に、黒い羽虫がわたくしの周りを音を立てて飛翔する。
「な、なんだい⁉　それは⁉」
イサベルがわたくしにまとわりつく蝿の大群に狼狽《ろうばい》していた。
でも、もう遅い。
わたくしは度重なる死に直面して悟っていた。

自分自身から避けていたのだと。

自分の先天属性を無いものにしてずっと秘してきた。

先天属性『蝿』――――醜くともわたくしに与えられた才能《ぶき》の一つを。

そう、この蝿たちはわたくし自身。

見苦しくとも、他者から蔑まれても構いはしない。

ここですべてを出し切っても構わない覚悟で魔力を振り絞る。

でなければ……殺せない。

「お行きなさい」

「あ、あ、あ、ああっーーーー!!」

「あ、姐さん?」

「あ、やめ、あぐ……あ……苦、ひ……ぃ……」

皮肉なものですわね。

リリカが亡くなる前にわたくしがもっと早く行動に移せていれば。

恐怖に支配されず、自分と向き合って歯向かう心を持てていれば。

わたくしの蝿たちがイサベルの口から侵入し、彼女をお腹《なか》から食い破り、赤いドレスに彼女の血で華が咲いた。

「リリカ……ごめんなさい」

「あ、姐さん？　クソ、姐さんの仇《かたき》――――」

「行け」

「あぁぁぁあああーーーー！」

賊の汚い叫び声を聞きながらわたくしはいまはない友を嘆いていた。

もう何度目かもわからない涙が乾いた頬を伝《つた》う。

「ハァ、ハァ、ハァ」

荒い息と共に片膝《ひざ》をつく。

少し魔力を振り絞っただけなのに、こんなに……長い監禁生活で体力が底をついていた。

「あ……ラパーナ、ありがとう、ございます」

そっとラパーナが脇《わき》を抱えて支えてくれる。

こんな細腕で……なんて優しい娘なの。

「でも……助けないと。せめてこの娘たちだけは。ラパーナ、手伝っていただけますか？」

「…………」

無口ながらも頷《うなず》いて了承してくれた彼女の助けで、アンヴィーとローラの閉じ込められた檻《おり》を破壊していく。

二人はいまだ呆《ほう》けたままでしたが、わたくしが強く呼び掛けるとハッとしたように意識を取り戻しました。

これでここから脱出出来ますわね。

「ラパーナ、貴女も必ずここから逃してみせます。わたくしに……ついてきていただけますか？」

「…………はい」

控えめに頷《うなず》くラパーナにわたくしは決意を新たにする。

絶対にこの娘たちを連れてここを脱出すると。

「さあ、行きますわよ！　必ず皆無事にここから脱出しましょう！」

「う～ん、わたし、要らなかったかしら」

「ん、ラパーナ、何かおっしゃいましたか？」

「いえ……なんでもありません」

変なラパーナ。

でもきっと不安なのですわね。

安心して下さいまし、貴女は必ずわたくしが守りますわ。

第三十話　邂逅《かいこう》と人質

Episode 30

「……クリスティナ、行くぞ」

「はい、主様《あるじ》」

朝靄《あさもや》に紛れクリスティナを伴い暗い洞窟に入る。

不意の遭遇でも対処出来るよう接近戦でも十分に戦えるクリスティナを前衛に据えた。

洞窟の通路には明かり取りのために等間隔に松明《たいまつ》が配置されている。

それでもまだ明瞭《めいりょう》に進路を見通せるというほどではないが、光魔法や魔導具《マジックアイテム》で光源を別に確保してもすぐに異変に気づかれるだけだ。

暗闇《くらやみ》に目を慣らしつつ先へと進む。

うむ、取《と》り敢《あ》えず即座に賊に遭遇することはなさそうだ。

「……ヒルデとシア殿の陽動が効いているようですね」

「入り口前で派手に暴《あば》れ回れと指示しておいたからな。目立つことならヒルデガルドが適任だろう。サポート役にシアとその配下たちもつけたしな」

「ええ、ヒルデなら広く視界の効く屋外の方がいいでしょう。しかし……シア殿は良かったのですか?」

護衛部隊のシアを連れ出したことを懸念するクリスティナ。

「構わないだろう。彼女が魔法総省に報告しなければ監視を外し勝手に動いたことはバレやしない。そうでなくともシアは恐らく皇帝陛下の息がかかった人物。多少の無理は効く。……それよりここからはもっと声を潜めていくぞ。アシュレー先生の偵察で構造は把握しているが、ここで賊に発見されると面倒だ」

コクリと頷いたクリスティナと共に『流血冥狼《ブラッドシャード》』の根城のさらに奥を目指す。

さて、アシュレー先生はマユレリカを無事確保出来ただろうか。

案内される場所によってはザギアスの暗殺も任せていたのだが……どうなったかな。


暫《しばら》く何事もなく進む。

どうやら思いの外ヒルデガルドたちの陽動が上手《うま》くいっているようだ。

ほとんどの賊が外に出たのか？

一応陽動を行う彼女たちには弓隊紛《まが》いの連中には気をつけろと警告はしてある。

まあ、シアもいるしな。

甘い女だが流石に無法者の賊相手なら心配はいらない。

さて、僕らの目指す先はこの洞窟の一番奥、アシュレー先生でもあまりに警戒が厳しく近づけなかった恐らくはザギアスのいるだろう場所。

しかし、途中で僕たちの歩みは止まる。

「……主様」

「ん……」

クリスティナの忠告に壁際に張り付き先の様子を窺《うかが》う。

洞窟内でも一際《ひときわ》広い空間が広がっている。

「おらっ！」

「大人しくしろっ！　小娘共！」

この声は……。

「あれはラパーナに変身したアシュレー先生。背後には使用人のような女性もいますし、ここまで追い込まれたのでしょうか。賊相手に戦っているようですね」

「奥には大槌《おおつち》を持った大男と……あれか、腰に一振りの片手剣を下げた赤毛の男。あれがザギアス」

「――――フンっ」

今回の首謀者ともいうべき相手を確認していると、ドタンと洞窟内部に響く乾いた音。

見ればアシュレー先生がマユレリカの使用人と思わしき女性たちを庇《かば》いながら、襲いかかってくる複数の賊相手に、金属の棒らしきものを片手に大立ち回りをしている。

アシュレー先生は変身を解かなくても使える技術として杖術《じょうじゅつ》を修めている。

相手の力を受け流し、利用する円を描くような柔《やわ》らかい技。

いまのは向かってきた賊の一人を金属棒で受け流し、足を払うことで地面に転ばせたようだな。

「ラパーナ、後はわたくしに任せて下さいまし！　黒蝿《ムスカ》！」

「………………はぁ？」

ブンブンと飛び回る蝿の羽音がここまで聞こえるようだった。

マユレリカの周囲に現れる蝿の大群、あれはまさか魔力で作り出した蝿？

蝿は瞬く間に地面に倒れていた賊の一人に群がるとその口から体内に侵入する。

「えー、なんでマユレリカが『蝿』の先天属性を使えるんだよ……」

「ど、どうされました、主様？」

どうしたも何もない。

無数の蝿が賊の腹を突き破り止《とど》めを刺すのを眺めながら、目の前の光景を信じられない思いでいた。

なんでだ？

なんでマユレリカが忌避していた『蝿』の先天属性を使えるんだよ！

物語《ストーリー》での彼女はヴァニタスを仮初の婚約者であり、ただの男除《よ》けだと公言する我が強く、勝ち気な女だった。

しかし、その先天属性たる『蝿』には強烈な忌避感と劣等感《コンプレックス》を持っていて、覚醒《かくせい》イベントというべき主人公とのある出来事が起こるまで公にしてこなかったはずだ。

それがなんだ。

監禁し追い詰められた結果なのか？

物語《ストーリー》では起きなかった誘拐事件だからか？

自分は勿論《もちろん》、主人公すら関《かか》わっていなくとも世界は動く。

僕はいまそれを強く実感していた。

そして考える。

マユレリカの劇的な変化は僕というイレギュラーが原因の一つになって起こされた可能性はかなり高いだろう。

つまりただヴァニタスの中身が少しばかり変わっただけで、これほど大きな混沌《変化》が起きた。

クク……面白《おもしろ》いじゃないか。

これで魔法学園まで赴くことになったらどうなるんだ？

主人公に、ヒロインたちに、物語の中核を担う人物たちに関わったらどうなる？

小説『・・・・・』の内容をすべて記憶していない僕でも非常に気になる。

というかやはり小説に関わる知識などほとんど役に立たないと理解出来た。

登場人物の性格とどんな進路を選ぶ傾向にあるかわかればそれでいい。

極論何も覚えていなくともいい。

僕は僕の自由気ままに自分の進む道を歩むべきだと改めて悟った。

そのうえで同時に少しばかりマユレリカに興味が湧いたのは事実だ。

ただの仮初の婚約者だった彼女が、一人の個人へと印象が変化する。

なんだ、あの女意外と面白いところもあるじゃないか。

「ハァ、ハァ……ハァ……」

「オーイ、お嬢様、もう魔力切れかぁ？　『蝿《ムスカ》』の魔法を使うなんて驚いたが後が続かねぇなぁ」

「く……このぉ！　お行きなさい！　私の黒蝿！」

「無駄だよ。――――血霧刺雨《ちぎりしぐれ》」

マユレリカの操《あやつ》る魔力で出来た蝿たちが、霧雨のような細く鋭い血の雨に貫かれ落ちていく。

うむ、まだ蝿を上手く操作出来ないマユレリカではザギアスには手も足も出ないか。

「そんな……」

「ハッ、所詮動かない奴《やつ》にしかそんな鈍《のろ》い蝿当たらねぇよ！　血塊剣！」

「あっ⁉」

ザギアスの目前で空中に展開される血を塗り固めた剣。

あれをマユレリカに向かって撃ち出すつもりか。

……僕の目の前でそんなことをさせるとでも？

「握《グラップ》――――」

ザギアスとマユレリカの間、射線上へと疾走する。

狙《ねら》うは飛翔する血の剣の側面。

「――――小握撃《コンパクト》」

凝固した血の塊が砕け、真《ま》っ赤《か》な破片が宙に煌《きら》めく。

「なっ⁉　何をしやがった⁉　このっ、血塊剣！」

「【命令だ。クリスティナ、血に濡れた剣を叩き落とせ】」

「はい、主様！」

動揺も束の間、突然の乱入者目掛けて追加で放たれた血の剣を、僕の『命令』を一身に受けたクリスティナが神速の剣技で叩き落とす。

ついでザギアスへと振るわれる鋭い斬撃。

……クリスティナの剣をああも簡単に躱すとはな。

「戻れ、クリスティナ」

「はい！」

「オレの魔法を尽く……何者だ、お前ら！」

「貴方は……ヴァニタス・リンドブルム？　どうしてこんなところに！」

「リンドブルム……リンドブルムだと⁉　小僧！　お前貴族か！」

驚愕《きょうがく》に顎が外れたような表情でこちらを見上げるマユレリカ。

貴族と聞いた途端、血相を変えて睨《にら》みつけてくるザギアス。

ここに僕たちは邂逅《かいこう》を果たした。


「ヴァニタス・リンドブルム！　この領地を治める侯爵の息子ぉ！」

赤毛頭に腰には一振りの片手剣。

見た目からは粗野で乱暴そうな印象を受ける『流血冥狼《ブラッドシャード》』のリーダー、ザギアスが吠《ほ》える。

「貴族のガキがこんなところに何の用だ！　こんな小汚いところに迷い込んだってのかぁ？　だが悪いな。あいにくいま取り込み中でな！　あとにしてくれ！」

心底嫌そうに顔を歪《ゆが》めて叫ぶザギアス。

松明と篝火《かがりび》で照らされたこの部屋は巨大な空間が広がっているが、明かりの疎《まば》らな通路よりかは断然見通しがいい。

部屋の隅で打ち据えられ壊れたテーブルらしき木片を見るに、この部屋は賊たちの休憩所やあるいは溜《た》まり場《ば》のようなものなのだろう。

アシュレー先生にはマユレリカの元に案内されたなら、彼女を連れて外に脱出するように伝えていたが、入り組んだ構造の洞窟でここまで追いやられたか。

そのアシュレー先生だが、マユレリカの使用人たちを守りながらだと若干戦い辛《づら》そうだ。

まあ、先生の本来の実力なら被害を考えなければ賊などいつでも鏖殺《おうさつ》出来るはずだが、場所と守るものを考えて加減していたのだろう。

というかなんでまだラパーナの姿なんだ？

もう正体を隠す必要はないはずだが……。

『流血冥狼《ブラッドシャード》』の連中がアシュレー先生を知っていそうもないし。

それとも、まさか……気に入ったんですか？

……ラパーナの姿でテヘペロするのはやめて欲しい。

『ごめんなさい、種明かしするタイミングを逃しちゃった』じゃないんですよ。

元の姿を知ってはいてもラパーナの慎《つつ》ましやかなイメージが崩れるんです。

はぁ……アシュレー先生には困ったものだ。

「オイ！　どこ見てやがる！」

ザギアスの脇《わき》に控えるのは大槌使いの大男。

あいつが配下の中でも実力のある方というバローダか。

他にもヒルデガルドたちの陽動では釣られなかった連中、四人の賊たちが戦闘態勢をとっている。

「ヴァニタス・リンドブルム……何故《なぜ》ここにいますの？　わたくしの救出のため？　……いいえ、そんなことあるはずがありませんわ。彼は可愛《かわい》らしくともあの放言男なのですわよ。騙《だま》されてはいけませんわ。……もしかして賊の仲間なんてことは……」

マユレリカは盛大に勘違いしているな。

普段素行も噂《うわさ》も悪い仮初の婚約者相手なら仕方ないだろうが……その辺りの説明はアシュレー先生から……ああ、してないんですね、わかりました。

「聞いてんのか、ヴァニタス！」

「……あとにしろと言ったり、聞いているのか問うたりどっちなんだお前は」

「どっちでもいいんだよ！　ここは俺《おれ》たちの城だ！　そこにお前がなんでいるのかって聞いてんだよ！」

「さあ……なんでだろうな。自分の胸に聞いてみたらどうだ？　心当たりがあるかもしれないぞ」

「っ！　コイツッ！」

どうやら随分苛《いら》ついているようだな。

「……外で騒いでる奴らはお前の仲間って訳か……大方貴族の坊っちゃんが箔《はく》付けのためにでも俺たちを討伐しにきたか？　マユレリカお嬢様も誘拐しちまったからな。ハッ、このぶんだと周りはすでにリンドブルム領の騎士共に取り囲まれてるってか」

「騎士団……そうですわ。ヴァニタス・リンドブルム！　早く騎士団の方々を呼んで下さいまし！　リリカはもう……いませんが……ここにはまだアンヴィーとローラがっ」

「悪いが騎士団はここには来ていない。コイツらの監視の目があったからな。少数精鋭で動くしかなかった」

「なっ……では貴方とクリスティナさんとでしかここには来ていないと？」

ああ、そういえばマユレリリカはクリスティナとは面識があるんだよな。

魔法学園では接触を絶たれていたが、クリスティナはヴァニタスの最もお気に入りの奴隷。反目し合っていたマユレリリカにも彼女が領地に顔を出した時に自慢したような記憶がある。

もっとも彼女はクリスティナ以外とは面識がないから、ラパーナを見ても僕とは結びつかなかったようだが。

「グスタフからは『何人かでも騎士を連れて行って下さい』と散々頼まれたが……僕たちだけで十分だろ」

「ガキ二人だけで騎士も連れて来ていない、だと……舐《な》めやがって」

「なんてこと……ならなおのことここからすぐに脱出するべきですわ。貴方ではザギアスには敵《かな》いませんことよ。……いまわたくしが隙を作ります。その間にラパーナとアンヴィーたちを連れて逃げて下さいまし！」

「そうは言ってもマユレリカ、お前はどうする。さっきの攻防を見てもお前でもアイツに敵わないのは同じだぞ。それに監禁生活で体力もなければ、その『蝿』魔法も通じないのは目に見えてる」

「だとしても！　構いません！　たとえここで無惨に殺されても守れるものがあるなら！　それに……わたくしを守って下さった騎士たちと……リリカの仇《かたき》を討てるならっ！」

威勢はいいが、マユレリカは気力だけで保《も》っている状態だ。

逆に冷静でないともいえる。

だがまあそうだな、復讐心《ふくしゅうしん》は燻《くすぶ》っているものの、この極限状態で他人のために犠牲になれる精神があるなら……助ける甲斐はある、か。

「仇か……流石に騎士が全員死んだのにはもう気づいてるかぁ」

「ッ！」

「悪りぃな、お嬢様。お貴族様との約束なんか俺には守れねぇんだわ。だがそれを知ってるとは……イサベルにでも聞いたか？」

「ええ、でも彼女はもう死にましたわ」

「へー、貴族だとやっぱり簡単に人を殺すんだなぁ」

「貴方は……悲しくないのですか？　わたくしが貴方の仲間を殺したというのに怒りも見せないのですか？」

「といってもなぁ。イサベルだってそこでお前さんの蝿に殺された部下だって俺の仲間には違いねぇんだがな」

「っ⁉」

「ま、アイツは小賢《こざか》しいだけで俺に取り入ろうと動き回ってたどうしようもない女だ。それに────嘘吐《うそつ》きだからな」

「嘘？」

「騎士たちは初日に皆死んじまったが、使用人は結構生き残ってるぜ。まあ一人を除いていつの間にかいなくなっちまったみたいだ……お前かヴァニタス？」

「まさか……」

マユレリカが信じられないという表情でこちらを見る。

心外だな。

助けられるなら僕だって助けるさ。

ただ……。

「監視もなく雑に扱われた者たちだけだ。……生き残りは多くない。心と体を傷つけられ、生きているかもわからない者ばかりだ」

「ああ、そんな……でも……助かった者が他にもいたなんて」

喜ぶマユレリカには酷だが、生き残りなどその程度しかいなかった。

ヤツらにとって価値があるのは貴族令嬢のマユレリカだけ。

その他の者の扱いなど玩具《おもちゃ》に等しい。

それでも助けた。

恨まれるかもしれんが僕の知ったことではない。

こんな掃き溜めで死なせてやるよりマシだ。

「でだ、イサベルは嘘吐《つ》きって話に戻すが……オイ、連れてきてやれ」

ザギアスは配下に指示を出す。

奥の部屋に引っ込んでいった配下の一人は程なくして一人の少女を連れてくる。

「あ……あ……」

「ハハッ、お嬢様、リリカちゃんはなぁ。生きてるんだよ」

無理矢理に立たされ引き摺《ず》られてきたのはマユレリカの使用人と思わしき少女。

「酷《むご》いことを……女の顔をあのように無惨に傷つけるなんて……。しかもあんなに雑に縫い付けるとはっ」

隣のクリスティナがザギアスの所業に憤りを露《あら》わにする。

……やはりヤツらには一片の情もいらんな。

「リリカ！」

「お……嬢様……」

「さて、どうするお二人さん！　お前らが抵抗すればリリカちゃんを殺すぞ！」

人質を得てますます調子づくザギアス。

リリカと呼ばれた使用人を盾に僕たちに降伏を迫ってくる。

「……主様、どうされますか。いざとなれば…………私が……」

悲壮な覚悟を決めたクリスティナを手で制し前に出る。

ザギアスはそれをニヤリと笑い歓迎した。

貴族なら当然使用人など見捨てるだろと言わんばかりの眼差《まなざ》しで。

――――気に食わないな。

「だろうなぁ！　ヴァニタス！　マユレリカお嬢様が特別なだけで貴族なんて所詮そんなもんだ！　他人を蹴《け》落とし、貶《おとし》め、見捨てていく外道の連中！　さあ、ほら来いよ！　リリカちゃんの屍《しかばね》を越えて俺に挑んでこい！」

「お前が僕の行動を決めるんじゃない。僕の道は僕が決める。――――握《グラップ》」

「なんだぁ？　手を……？」

左手にディラクの短剣を、右手に集束し握り締めた魔力を。

「――――集束魔力強化《フォーカスリインフォース》」

あえて言葉で宣言する。

集めた魔力をすべて体を強化するために使う。

「────っ」

僕は地を駆けた。

クリスティナの神速を悠々《ゆうゆう》と超える人外の速度で。

「はぁ？」

「あっ……」

「ぐ……このっ⁉」

「────遅いぞ」

盾にされていたリリカを奪い返し、ついでに短剣でザギアスを刺す。

ほう、いまのを躱《かわ》すとはやはり実力は高い。

「いま……何を……」

「お頭っ！」

「は？　俺が目で追うのがやっと、だと？　どんな速度で……」

「この野郎！　よくもお頭を！」

「やめろ、馬鹿《ばか》！　不用意に動くんじゃ────」

ザギアスが焦《あせ》りを見せながら僕に向かってくる配下を止めようとする。

その判断は正しいが……やはり遅かったな。

「握《グラップ》────小握撃《コンパクト》」

「ガハッ⁉」

腹部に集束した魔力の衝撃を受け一撃で昏倒《こんとう》する配下の一人。

「ヴァニタス、お前……何者だ？　本当に貴族の坊っちゃんかよ……。何なんだよその魔法は！　お前は何をやったんだ‼」

未知のものを見るかのような恐怖の表情を浮かべるザギアス。

どうした、余裕がないぞ。

「さあな。お前は知る必要のないことだ」

ザギアス、貴族を襲撃し騎士たちを全滅させたお前は相当な実力者なんだろうな。

だが……それで僕が怯《ひる》む理由にはならないんだよ。

「お前はやり過ぎた。ここでもう終わりにしよう。──────お前に自分の犯した罪を思い出させてやる」

魔力の活用方法には魔法として具象化させる以外にも様々な技術が存在する。

身体強化はその一つ。

体内の魔力を全身に巡らせ身体能力を上昇させる。

練度によって上昇幅は異なり、熟練者なら体の部分部分に魔力を集中させ身体能力の一部のみをさらに強化することも可能だ。

その身体強化を僕は掌握魔法で集めた大気中の魔力で発動した。

自らの少ない魔力で大気中の魔力を呼び寄せ使用する。

掌握魔法の基本だが、これを身体強化に応用するのは結構難しかった。

何せ自分以外の魔力、しかも量が多い。

結果掌握魔法を利用したこの身体強化はピーキーな性能を持つこととなった。

暫定《ざんてい》の名前は集束魔力強化《フォーカスリインフォース》。

瞬間的には高強化状態で行動出来るが、持続力はなく、いまの僕の力量では一行動《ワンアクション》程度で強化の魔力が霧散してしまう。

だが、それでも接近戦に不安のある僕には大事な武器。

「ク、クソっ！　なんだこのガキ……バローダ、行け！　あいつらに俺《おれ》たちの怖さを思い知らせてやれ！」

「おう、お頭ぁ!!」

大槌《おおつち》使いのバローダをけしかけるザギアス。

なんだ自分から来ないとはいまので怖気《おじけ》づいたのか？

「……クリスティナ、バローダはお前がやれ。いいな？」

「はい！」

「だが覚悟がないなら殺す必要はないぞ」

「いえ……主様《あるじ》に比べれば私など……ですが必ずあの大男は私が倒します」

「ああ……マユレリカと使用人たちはアシュレー先生に任せておけ。先生なら守り通してくれる。お前はバローダの相手に集中しろ」

「はいっ！」

クリスティナが剣を構えバローダに向かっていく。

ラパーナの姿のアシュレー先生がその他の賊の相手をしてくれる中、二人は一騎打ちのような形式で戦い始めた。

チラとアシュレー先生と目が合う。

先生は任せておけと言っているように頷《うなず》いていた。

さて、取り巻きも人質もいなくなり僕とザギアスも一対一だ。

「……嫌に冷静だな。そんなに俺は弱く見えるか？」

「いいや、お前は僕より強いだろうな」

「ああ？ 何言ってやがる！ それでなんで奴隷を自分から離した。なんで俺に生意気な口が聞ける？」

「生意気では駄目か？」

「駄目に決まってんだろうがぁ！ 弱いヤツはな！ 奪われ続けるだけなんだよ！ 行け！ 血塊剣《けっかいけん》!!」

空中を疾走する血の剣は、ザギアスの先天属性『血霧』と『剣』を組み合わせた魔法だろう。

「――――握《グラップ》」

「はぁ？ 今度は魔法を逸《そ》らしただと？ どうなってやがる！」

「さあな」

ザギアスは驚愕《きょうがく》に目を見開くが単純な話だ。

片手に集束した魔力で血の剣を弾《はじ》いた。

ただそれだけのこと。

「チッ、その目、何もかも見透かした気になりやがって、ガキがぁ！ ――――赫霧《かくむ》」

「む……？」

赤い血の霧――――ザギアスを中心に広がっていくそれは先の見通せない赤の領域。

僕を取り込もうと急激に広がる霧に一歩後退し逃れる。

これは……。

「ハッ、この魔法の危険性がわかるか？　これに囚《とら》われたが最後、お前からはまったく視界が利《き》かず、逆に俺からは手に取るようにお前の動きがわかる。それに、ここは狭っ苦しい洞窟の一部屋だ。いつまでも逃げれると思うなよ！　それに霧の外だからって安心するのは早えぞ！　血塊剣！」

配下たちを巻き込まないように血の霧の動きを制限しているようだが、僕が取り込まれるのも時間の問題だ。

あの濃い血の霧……あれがランカフィール家の騎士たちを不意打ちで倒したタネか。

あの中ではザギアスの魔力に包まれることになるだろうし、僕でも一度取り込まれれば掌握魔法で大気中の魔力を取り込むのは難しいかもしれない。

「握《グラップ》」

だが、考察している時間もない。

血の霧に紛れた血の剣の魔法は、出処《でどころ》が推察しづらく、少しの油断が咄嗟《とっさ》の判断に遅れを生じさせる。

「オラオラ、足を止めてる場合かぁ？　さっきの高速移動はどうした！　防戦一方じゃねぇか！　ハハッ、血塊剣！」

霧に紛れて姿の見えないザギアスが煽《あお》ってくる。

自らの領域が出来たことで一気に有利になったことがヤツを調子づかせていた。

しかし……数が多いな。

一発一発が射線をズラして放たれていて防御しづらい。

「――――血霧影人《ちぎりかげびと》」

「なに？」

血の霧から飛び出す何かがある。

血の霧を纏《まと》った人型。

両手に握った二振りの血の霧の剣で斬《き》りかかってくるそれに、咄嗟に僕は迎撃に出る。

「――――小握撃《コンパクト》」

簡単に霧散した!?

「騙《だま》されやがってこれだからガキは……オラッ！」

「ぐっ……血霧の人型は、囮《おとり》か……」

小握撃《コンパクト》で迎撃したのも束《つか》の間、瞬時に飛び出てきた本物のザギアスに袈裟《けさ》斬りに切られた。

傷は身に着けた胸鎧《よろい》のお陰で浅いが……傷口が熱を持ったように熱い。

「ヴァニタス・リンドブルム！　大丈夫ですの！」

「っ！　主様！」

「フンッ、余所見《よそみ》するな女ぁ！　お前の相手はおれだ！」

「く……邪魔なヤツめ。そこを退《ど》け！」

マユレリカとクリスティナの叫ぶ声が遠くに聞こえる。

傷口から血が滴り地面に落ちる。

「ハッ、粋《いき》がった結果がそれかぁ？　ヴァニタス。これでわかっただろ。貴族のおままごとなんてこんなもんだ。結局強い者には敵《かな》わない。呆気《あっけ》なく死んでいくんだよ。どうだ？　後悔したか？　なんでも自分の思い通りになると思うこと自体が烏滸《おこ》がましいんだよ！」

赤い血の霧を背にザギアスが吠《ほ》える。

お前は間違っていると糾弾する。

あれはヤツの本音なのだろう。

貴族という権力を持つ者に対する強い執着のあるザギアスの心の叫び。

だけど……それでも……僕は……。

「……だからって屈するのか？」

「は？」

「相手の方が強いからって投げ出すのか？」

「…………」

「たとえ自分が敵わなくても僕は逃げ出さないぞ。誰《だれ》からも無謀と言われても目を背《そむ》けない。僕は僕の道を歩むと決めているのだから」

「……だが現実としてお前は俺に敵わない……そうだろうがぁ」

「退け」

「……っ」

「お前が退け」

僕は立つ。

傷口から滴る血をもう押さえていなかった。

ただ目の前に立つザギアス目掛けて短剣を構え、血に濡《ぬ》れた右手を開く。

「我が侭《まま》を通すんだ。僕だって死ぬ覚悟は出来てる。だが、必要なんだ。僕がこの先茨の道を進んでいくには。互いの命を懸けた戦いが」

「……狂ってんのか？　何故《なぜ》貴族のガキが命を懸ける。そんなことしなくともお前は悠々自適《ゆうゆうじてき》に暮らせるだろうが。その日の食い物を求めて街を徘徊《はいかい》することも、露店から盗みを働いて殴られ、蹴《け》られボロボロになることもない。そこで動けもしないマユレリカお嬢様がそんなに大事か？　他人だろうが。命を懸ける価値があるのかよ！」

「僕は彼女のことなどどうでもいい。不幸だとは思うがな。助けられるなら助けてやってもいいとは感じる。だがそんなことはここで命を懸ける理由じゃない」

「……なら何だってんだ」

「きっとザギアス、お前と同じ理由だよ。――――目障りだ。お前のような犯罪者が」

「あ？」

「邪魔なんだよ。僕の道に転がる石ころが。他者を虐げ、奪うことしか知らないお前らが。お前は僕の道に不要なんだ」

「ハ、ハハッ、なんだよ。要は俺たちにムカついたってだけなのかよ。ハハッ」

笑うザギアスに僕はもう何も掛ける言葉はない。

言いたいことは言った。

後は行動で示すだけだ。

「ハハハ……そうか。同じか、高貴なお貴族様と小汚ねえ俺たちが」

「…………」

「いいぜ。ケリをつけよう。どっちが我を通せるか。これはそういう勝負なんだろう？」

「ああ……最期までな」

動く。

ここが決着をつける時だ。

「包み込め――――赫霧《かくむ》！」

追加で放たれる赤い血の霧。

アレに包まれれば終わりだとわかる。

短期決戦だ。

もう回復薬《ポーション》で傷を治す時間も惜しい。

攻める。

血の霧が広がるなら逆に圧縮してやる。

右手の五指をザギアスの隠れた血の霧に向ける。

「────掌握圧《コンプレス》」

「⁉」

霧の外側の魔力を動かし、霧ごと手中に収め、圧縮した血の塊を放り捨てた。

「俺の血霧を一部とはいえ削っただと⁉　風魔法でも簡単には吹き飛ばない魔法だぞ⁉　このっ、血塊剣・惨骸《ざんがい》！」

「────小握撃《コンパクト》」

先程までの血の剣をさらに禍々《まがまが》しく変化させた魔法だが、もう速度と軌道は見慣れたぞ。

「逸《そ》らすでもなく砕く……」

「握《グラップ》────集束魔力強化《フォーカスリインフォース》」

「血霧刺雨《ちぎりしぐれ》‼」

その魔法は見た。

血の霧を針のように纏《まと》め放つあまり殺傷力の高くない足止め用の魔法。

僕は強化した身体能力で急所に当たる部分だけを短剣で迎撃する。

血の針が突き刺さり鋭い痛みが走るが、他はすべて無視だ。

「ぐ……おおおおっ!!　ヴァニタス！」

「ザギアス！」

遂に血の霧という自らの領域から飛び出し斬りかかってくるザギアスは、両手に二振りの剣を握っていた。

「────血霧赫剣《けっかいかくけん》！」

もう片方の手に握られたのは高密度の血の赤い剣《つるぎ》。

あれがザギアスの渾身《こんしん》の魔法。

僕を鎧ごと容易《たやす》く両断する死の刃。

だが……。

「な、ここに来て短剣を捨てるだと⁉」

僕はディラクの短剣をその場に放り捨てた。

ここからは賭けだ。

いや最初からかな。

だが、訓練でも不安定でまだ威力の低いこれもいまこの時のためにある。

「双握《ダブルグラップ》」


両手で魔力を握り締め、地を駆ける。

そして、二振りの剣を十字に重ねるように振るうザギアスの真正面へ。

集束し圧縮した両手の魔力を一点にぶつける！

「────極握撃《フルインパクト》」


僕のいま出来る最強の攻撃。

それは……容易くザギアスの二振りの剣を砕いた。

金属の欠片《かけら》と血の塊が舞い散り、血の霧が晴れる。

後に立っていたのは僕一人だけだった。


「腹が抉《えぐ》れる程度で済んだか……丸ごと吹き飛ばすつもりだったんだがな」

「ゴホッ、ヴァニタスぅ……そっちこそ俺に勝ったってのに随分満身創痍《まんしんそうい》じゃねぇか……」

地面に寝転がり僕を見上げるザギアスの腹部はものの見事に抉れ内蔵が見えていた。

あれはもう助からないな。

「痛いか？」

「ああ、ゴホッ、めちゃくちゃ痛えよ。というか普通聞くか？　ぐあっ……お前がやったんだろうが」

「そうだが……介錯《かいしゃく》が必要かと思ってな」

腹部は抉れ血溜《だ》まりが広がる中、ザギアスは笑っていた。

しかし、その笑みに殺意も敵意もない。

ただやり切った終わりの表情だった。

「ヴァニタス……ぐっ……楽しかったぜ」

「僕は別に楽しくなかったぞ」

「っ……あっ……つれねぇなぁ」

「……じゃあな」

「ハッ、地獄で待ってるぜ」

僕は微《かす》かに震える手で短剣を握りザギアスの首を掻《か》き切った。

生温《なまぬる》い血が手を伝い溢《あふ》れ落ちる。

もうこの流れる血が戻ることはない。

血に濡《ぬ》れた僕の手は穢《けが》れたままだ。

それでも僕は進む。

血に濡れた茨の道でもこれが僕の道なのだから。

第三十二話 クリスティナ・マーティアは決意する

「────極握撃《フルインパクト》」

鼓膜が破れるかと思うほどの轟音《ごうおん》が洞窟内に響き渡り、洞窟全体が激しく揺すられるように振動する。

天井《てんじょう》からはパラパラと小石と砂煙が落ち、主様《あるじ》の戦いがあった方向、赤い血の霧が充満しつつあった一角は見事に晴れていた。

「主様……」

「ぐ……う……あ、お頭……？」

『流血冥狼《ブラッドシャード》』の一員、大男バローダは倒れ伏していた。

光魔法と大槌《おおつち》を使う屈強な大男。

強敵ではあったがアシュレー先生が他の賊たちの動きを押し留《とど》め、存分に戦わせてくれたお陰でなんとか倒すことが出来た。

バローダは地に倒れながら、主様の攻撃を真正面から受け致命傷を負ったザギアスを目撃し放心していた。

私は剣を構える。

バローダの胸、心臓に向けて刃を構えた。

「ぐ……クソ……た、助けてくれ。おれは……こんなところで死にたくねぇ、おれは……」

「命乞いか……これほどのことを仕出かしたのに自覚がないとはな」

一部だが救出された者たちを私は見た。

辛《つら》く厳しい現実に自分を見失ってしまった者たち。

徒《いたずら》に弄《もてあそ》ばれ心と体、両面を傷つけられた。

彼女たちが本来の彼女たちに戻れるかどうかすら定かではない。

それなのに、ここにいるクズは自分の命だけはと懇願《こんがん》する。

戦況がそちらに傾いていた時はあれほど傲慢《ごうまん》に振る舞っていたのに。

一息に剣を突き出す一歩前、ふと近づいてくる影があった。

「……無理に止《とど》めを刺す必要はないわ。覚悟がないなら殺人なんてやらない方がいい」

「アシュレー先生」

「彼はもう動けないはずよ。クリスティナちゃんがわざわざ手を汚す必要はないわ。……殺人とは過酷なものよ。他人を殺した罪の意識に苛《さいな》まれ、その後の人生を狂わせてしまった人をわたしは見てきた。あなたの覚悟を疑う訳ではないけれど、わたしはクリスティナちゃんにはそうなって欲しくない。なんならわたしが代わりに――」

ラパーナの姿のアシュレー先生は私を気遣って警告してくれていた。

帝国が戦争を多く経験した時代。

その時代に生きたアシュレー先生の言葉は重かった。

しかし……。

「お気遣いは嬉《うれ》しく思います。ですが、私はもう自分のすべきことを決めています」

「いえ……ごめんなさい。つい余計なお節介をしてしまったわね」

アシュレー先生の真摯《しんし》な謝罪を受け入れる。

私は再度バローダの正面に向き合った。

これから起こることに恐怖し怯《おび》える瞳《ひとみ》と視線が重なる。

「た、頼む。頼むよ。お、おれ……お頭に言われてなんでもしてきただけで、それ以外……何も知らなかったんだ。生きていくのに必死だっただけなんだ。それに、おれはお頭たちが人質たちで楽しんでいる時だって何もしなかった。何もしなかったんだ！」

「図体は大きくても己《おのれ》の罪に向き合う気概はないのだな。……それが何の免罪符になると言うんだ。お前たちは罪もない者たちを殺し遊んだ。己の欲望のためだけに他者を蔑《ないがし》ろにした。そこに覚悟も信念もなく、生きていくためと言い訳をして、ただ何もかもを奪い取った。その何が許されると思うのだ」

「ぐぅぁ……すまねぇ……すまねぇ……」

「口だけの謝罪なら口に出すな。お前たちは……報いを受けるべきだ」

「待っ――――」


静止の声など私は聞かなかった。

手に剣から伝わる感触がある。

肉を裂き、骨を断ち、命の脈動を切り捨てる感覚が。

嫌な感覚だ。

これが人の命を断つ感覚。

言葉では言い表せない圧迫感を胸に感じる。

同時、私は思い出していた。

あれは私たちがまだハーソムニアの屋敷で賊たちの根城が判明するまで待つまでの間のこと。


主様はここ最近どこかおかしい。

マユレリカ様の救出に際しエルンスト様からの反対を押し切り準備を整えてきた主様。

シア殿に賊の根城の捜索を任せ、あとは待つだけの段階の私たちだったが、どうにも主様のご様子が気になる。

些細《ささい》な変化だが私は主様の見せる憂いを帯びた表情がどうしても気になった。

これに気づいたのはきっと私が以前より主様をよく観察するようになったからだろう。

本当に些細な……以前の私なら気づけないような僅《わず》かな綻《ほころ》び。

「……主様、やはり誘拐され人質となったマユレリカ様のことが気になるのでしょうか」

「ん……ああ、そのことか」

「マユレリカ様と主様はあまり……その……仲が」

「ああ、マユレリカとはあまり気が合わなかったな。リンドブルム領に婚約者の義務とか言って顔を出して来た時も別に顔も合わせなかった」

「はい……仲のよろしくなかったマユレリカ様ですが、一応主様の婚約者ではあります。やはり気になりますか？　その……どうにも私は主様が何かを恐れているようで……」

「………」

「す、すみません。大変失礼なことをっ」

「いや……クリスティナは僕のことをよく見ているんだな」

私の不躾《ぶしつけ》な質問を笑って流して下さる主様はどこか嬉しそうで……悲しそうだった。

「マユレリカのことはどうでもいいんだ。僕にとって彼女を助けることはそれほど重要なことじゃない」

「では何故《なぜ》エルンスト様の反対を押し切ってまでもマユレリカ様の救出を？　相手は賊です。それも貴族を襲撃するような頭の螺子《ねじ》の外れた連中。主様のお命も危険に晒《さら》されます。それでも……行かれるのですか？」

　疑問だった。

　マユレリカ様をどうでもいいと断言する主様は、それでも死地に赴くことを止めない。

「……僕が転生した話はしたな」

「はい。まったくの別人、ここことは異なる世界の住民だった主様がいまの主様へと成り代わったと。しかし、元の主様の記憶も変わらずあると」

「僕の前世の世界、そこではな……殺人など滅多に行われる行為ではないんだ」

「それは……」

「平和、そう平和で優しい世界だ。そうそう人殺しが蔓延《はびこ》っていないという意味ではな。人は他者から不用意に命を奪われることは滅多にない。突然に命を落とすとしても精々が事故や病によるもので、もし仮に殺人を犯す者が現れれば即座に捕まり罪を償《つぐな》わされる。そんな世界」

「……私たちの世界とは随分違うのですね。ここでは人はいつ命を奪われるかわからない。魔物は勿論《もちろん》、どこにだって悪党はいる。彼らは他者から奪うことしか知らない」

「僕が何かに恐怖していると見えるなら、きっとそれはこれから自分が仕出かすことの重大さに気づいているからだ」

「それは賊の……」

「そうだ。僕は他人の命を奪うことに恐怖している。たとえ賊相手だとしても、これから犯すことになる罪の重さに震えている」

主様は何でもないことのように私に己の内面を告白してくれた。

漆黒の瞳と目が合う。

揺れていた。

ほんの僅かに、揺らいでいた。

「……僕がマユレリカの救出に赴く理由はそれに起因する。ここで命のやり取りをしておかなければならない。そう思ったからだ」

「主様……」

「人を殺したからといって強くなれるとは思わない。他人の未来の可能性を奪ったからといってすべてが自分の糧になる訳ではない。お遊戯《ゲーム》ではないんだからな。ただ……この先僕は必要にかられ殺人を犯すこともあるだろう。それは僕が死の運命から逃れるためであったり、我を通すためだけといった欲望のためもあるだろう。だが、ここで経験しておく必要があった」

「…………」

「魔法学園では魔物の命を奪うことはあっても、人の命を奪うことは恐らくない。いましかない。長期休暇が終わり魔法学園に戻る前に、物語の主人公と出会う前に僕は殺人という大罪を経験する必要があった。だから……クリスティナ。お前が僕に恐怖を見出《みいだ》すのは当然のことだ。……上手《うま》く隠したと思ったんだがな」

儚《はかな》かった。

いつもは体格では私が優《まさ》っていても、敵《かな》わないと感じることの多い主様が小さく見えた。

「幻滅したか？　こんな主にはついていけないか？」

「それ、は……」

「僕も賊と同じだ。自分の都合で相手の命を、未来を奪おうとしている。そこに違いなど存在しない」

「でも！　主様は違います！　貴方様は罪もない民を傷つけようとはしないでしょう？　命を奪おうとするのも賊という無法者から。それに前の主様といまの主様が違うことを私は知っていますから！」

「……ありがとうクリスティナ。だがな、これは前世の記憶が朧気《おぼろげ》に残る僕の感傷みたいなものだ。自分のすべきことはわかるのにどうしても悩んでしまう。女々しいな」

私は主様にどう声を掛けていいかわからなかった。

でも私の心はもう決まっていたのだといまならわかる。

もしかしたら人は主様のことを情けないと吐き捨てるかもしれない。

相応《ふさわ》しい主になるというのは嘘《うそ》だったのかと。

だが私は違った。

自らが穢《けが》れることを厭《いと》わない主様のことを私は……。

「……じゃあな」

ザギアスの首を掻《か》き切った主様《あるじ》。

いまだ制御し切れていない掌握魔法を使った反動で激しく傷ついたその手は、自らとザギアスの流した血に濡《ぬ》れつつも……震えていた。

「………どうした、クリスティナ？　急に手を握って……痛いぞ」

「いえ……すみません。でも……」

私がこの御方をお支えする。

この御方のすぐ隣で。

私も貴方と同じ道を歩きます。

ザギアス率いる『流血冥狼《ブラッドシャード》』を壊滅させ、仮初の婚約者を救出した日から数日。

僕たちの姿はリンドブルム侯爵家の植物園にあるテラスにあった。

「いい紅茶ですわね。香り高く上品でまろやかな渋み。……落ち着きますわ」

青々とした緑の園に柔らかな日差しの降《ふ》り注《そそ》ぐ中、優雅に寛《くつろ》ぐ一人のお嬢様。

気品溢《あふ》れる上品な所作はとても数日前まで監禁されていた身とは感じさせない。

……いや、気丈に振る舞っているだけか。

マユレリカの表情には影があった。

それが彼女を守るために犠牲となった者たちへの哀悼なのは何となくわかる。

「ヴァニタスさん、せっかく救出に来て下さったのに随分と御礼を申し上げるのが遅れてしまいましたわね。こうしてわたくしが無事にいられるのも貴方のお陰ですわ。ありがとうございます」

「……僕は別にお前を助けるためだけに行った訳じゃないぞ。恩に感じる必要はない」

「ええ、わかっています。貴方はわたくしを助けた。でも、そこに婚約者への情があった訳ではなく、単に領内で起きた事件に対処しただけということも」

……それも少し違うのだがな。

僕は僕の道に立《た》ち塞《ふさ》がる障害を排除しただけだ。

感謝される謂《いわ》れはない。

だが、当の本人であるマユレリカは僕からの言葉は関係ないとばかりに深く頭を下げる。

「ですが、ヴァニタスさん、貴方がなんと言おうとそれでも御礼を言わずにはいられませんわ。貴方が来てくれなければわたくしは彼らの手によってもっと悍《おぞ》ましい目に遭っていたでしょう。それこそ、自死を選んでしまうようなことも……強制されていた。それに……リリカも、少数とはいえわたくしの使用人たちも生きて帰っては来られなかったでしょう。ヴァニタスさん、貴方は勿論《もちろん》、エルンスト様、クリスティナさんたちにも心からの感謝を」

頭たるザギアス含め構成員の大半を失った『流血冥狼《ブラッドシャード》』だが、後片付けは主に父上とマユレリカの父リバロ・ランカフィールが行ってくれた。

どうやら二人は僕も通う魔法学園の学生時代からの友であり、爵位は違えど気の置けない会話も出来る間柄らしい。

救出した騎士や使用人の手当て、捕らえた『流血冥狼《ブラッドシャード》』の処理はすべて二人の主導の元に行われた。

また、グスタフが賊の生き残りたちを拷問した際に聞き出した内容では、彼らはどうやらザギアス同様貴族に虐げられていた連中の集まりであったらしい。

ザギアスのように貴族に不当に扱われ、行き場を失った者たち。

偶然の一言で片付けてしまうには不幸な出来事ではあったが、特別恨みを持つ貴族の隊列が目の前を通ったことで衝動的に襲いかかったようだ。

そういえば父上は今回の件を僕に任せきりだったことを気にしていた。

現在のリンドブルム家の後継者たる僕を、アシュレー先生やシアたちがいるとはいえ死地に送り込んだことを後悔しているようだった。

うむ、僕が死んだとしても爵位は妹たちに受け継がせるだけなのだがな。

もしくは新しく生まれるかもしれない兄弟に継がせればいい。

この一件の前に伝えてはいたのだが、それでも父上としてはあまり納得していなかったようだ。

ああ、そう言えば今回の件について改めて礼を言いに来たマユレリカの父リバロの恐ろしいモノを見る目が気になった。

僕を見るやいなや『コイツはヤベェ』なんて口走っていたが、次の瞬間には『すまなかったな。俺《おれ》の娘を助けてくれて感謝している』と当主であるにもかかわらず深く頭を下げていた。

「それで？　本当に良かったのか？」

「何のことです？」

「父上も気にしていたがマユレリカ、お前が誘拐された事実を本当に隠さなくて良かったのか？」

シアも懸念していたが、言い方は悪いがマユレリカの貴族令嬢としての価値は暴落した。

しかし、誘拐され人質とされた事実は領内に大々的に広まってはいない。

いまならリンドブルム領を治める父上の力で揉《も》み消《け》すことも不可能ではないだろう。

「ええ……貴族の体裁は大事ですわ。わたくしの今回の事件が知れ渡れば陰口を叩《たた》かれることは必至でしょうね。それどころかわたくしを直接罵倒する者もいるでしょう。蔑み、見下す者も」

「なら、隠しても良かったんじゃないのか？　この一件はまだあまり表沙汰《おもてざた》にはなっていない」

「ですが……ランカフィール家は貴族でもあり、商人でもあります。身内である騎士や使用人たちにまで嘘《うそ》をついて死の理由を偽装し、無理矢理に誤魔化《ごまか》せば、いつか必ず綻びが生まれてしまう。その時わたくしはこれまで築いてきた信用を失うでしょう。それはわたくしを信用し、命を懸けて助けて下さった皆に対する裏切りですわ」

「そうか……」

「ヴァニタスさん、貴方こそわたくしとの婚約を破棄するつもりはありませんこと？　このままわたくしと婚約者のままでは貴方も好奇な目線で見られることになりますわよ。恩人にそのような真似をさせるのは本意ではありませんわ。……考え直す気はありませんこと？」

不安げ、というより僕への配慮が籠《こ》められた言葉。

しかし、僕はマユレリカの提案を一蹴する。

そんな必要などないからだ。

「構わないさ。有象無象の視線など気にはしない。それに、突然変な女が来るよりはマユレリカ、お前の方がマシだ」

「ですが……」

「クドいぞ。僕がいいと言っている。それに仮初の婚約者がちょっと逆転しただけだ。お前が男除《よ》けに使っていたのを、僕が女避けに使わせて貰《もら》うだけ。前と大して変わらないんだ。お前にとっても変な男が寄ってこなくていいだろう？　僕は婚約者を変えるつもりはない」

「そうですか……わかりました。これ以上は失礼ですわね。……ありがとうございます」

だが実際言葉通りだった。

僕が大切にしているのは家族やクリスティナたち奴隷三人娘であって、他の変なヤツらのことじゃない。

僕が気に入った人物や面白《おもしろ》いと思った人物、あるいは微《かす》かに残る小説の登場人物の中で印象に残っている者、そういった者たちなら気に掛けることもあるが、有象無象など知ったことではない。

それに、婚約者問題で悩むのも時間の無駄だからな。

悩むくらいなら現状のままでいいだろう。

謝罪と礼も済み、話は一段落したはずだった。

しかし、マユレリカは神妙そうな面持ちで僕へと尋ねる。

「それでヴァニタスさん、貴方に一つお聞きしたいことがあるのですけど……」

「何だ？」

「……ザギアスに止《とど》めを刺す瞬間、貴方は哀しんでいた」

「⁉　……あの状況でよく見ていたんだな」

鋭い指摘に思わず警戒する。

随分消耗していたと思っていたが、そんなところまで観察していたとはな……。

「でも、それは何か……内から溢れるものとの別れのような、感傷のようなものでした。たかが平民と下に見る者の多い中、あの一時だけはヴァニタスさんはザギアスと対等だった。敵同士でありながら何処か共通するものを抱えていた。……ヴァニタス・リンドブルム、貴方は何者ですの？」

「……僕は僕だ」

「以前の貴方とは別人ですわ」

「それは――――」

僕は転生の事実を告げる。

マユレリカは驚きこそすれ拒絶することはなかった。

寧《むし》ろ何処か納得したように大きく頷《うなず》く。

「なるほど……転生。別人へと生まれ変わるなんてこの世には不思議なことがあるものですわね。ですが納得しました。道理で以前までのヴァニタスさんとは性格から行動まで何もかもが違う訳ですのね」

「……簡単に信じるんだな」

「ええ、ヴァニタスさんがわたくしに嘘をつく理由がありませんもの。それに――――」

「それに？」

「わたくし、恩人を疑うような不義理なことはしたくありませんの」

自信満々に微笑むマユレリカに少し面食らう。

そう、か……。

「ところで、話は変わりますがわたくし帝都の魔法学園に戻りましたら商会を立ち上げるつもりですの」

「商会？」

「ええ、お父様からも勧められています。これを機、というのは少し不謹慎ですが、逆境を跳ね返すためにも利用すべきだと」

うむ、わからなくもない。

誘拐された事実を隠さないとなると、これから先マユレリカには困難な道が待ち受けているだろう。

なら、違う生き方を模索することも必要になってくるかもしれない。

それにランカフィール家は元々商人の家系、この状況を逆手に取って上手《うま》く利用出来れば一層の飛躍を見込めるかもしれない。

しかし、リバロ・ランカフィールも中々油断ならない人物のようだな。

ともすれば娘の境遇を売りに出すような真似を提案するとは。

……でなければ商人とは言えないか。

思考にふける最中、マユレリカはそっと紅茶を口へと運ぶとある提案をする。

「ヴァニタスさん、わたくしに協力して下さいませんか？」

「協力？　僕がか？」

「はい、わたくし……どうせ商会を立ち上げるなら貴族も平民も折り合いをつけて関われる店を作りたいと思っておりますの」

「折り合い、か……現実的だな」

貴族と平民――――言葉にすれば短い単語でしかないが、そこには超えられない壁が存在する。

そこに折り合いをつけるか……普段から平民とも関わりの深いだろうランカフィール家《商家》なら

ではの発想か。

「ええ、貴族と平民の差をいますぐ埋められるなんてわたくしも考えていませんわ。しかし、いつか、いいえ、わたくしのお店にいる一時だけでも、両者の壁を出来るだけ無くしたい」

「そうか……だが何故《なぜ》僕なんだ？」

実現可能かはともかく考え自体は共感出来る部分もある。

しかし、何故僕に頼む。

僕には商売の知識はないし、現状親しい間柄にある貴族の家もない。

「だって、わたくしたちは婚約者ではありませんか」

「……仮初だと納得していただろ？」

「わたくし、あなたが欲しいのですわ」

「なに……？」

マユレリカは嘘を言っていなかった。

彼女は真っ直《ま》ぐ《す》僕の目を見て断言する。

だが、その予想外の言葉に僕以上に驚いている人物がいた。

「あ、え、マユレリカ様、突然何を……⁉」

テーブルの直ぐ側《そば》で控えてくれていたクリスティナが、ギョッとした表情でマユレリカに聞き返す。

　マユレリカは微笑ましいものを見るような余裕のある笑みで答えた。

「勘違いしないでいただきたいのはわたくしはヴァニタスさん、貴方の輝きに価値を見出《みいだ》したただけで、決して男女の色恋の話ではありませんわ。ふふ、クリスティナさんの心配するようなことにはなりませんことよ」

「い、いいえ、そうですか、それは良か――――いえ、失礼しました！」

　だが協力か……。

「無理だな。メリットがない」

　それに魔法学園にはアイツが来るはずだ。

　僕にマユレリカの商会を手伝う余裕はないかもしれない。

　だが、マユレリカは僕の即答にも一切《いっさい》動揺せずに返す。

「ならそうですわね。ヴァニタスさんが協力してくれないとなると……わたくし、ランカフィール家の力を使ってリンドブルム領内の穀物を買い占めますわ」

「なに？」

「勿論、いくらランカフィール家といえどすべてを買い取れる訳ではありません。しかし、二割……三割も買い取れば値は確実に上がりますわ。そうなればエルンスト様の治世も疑われることになるでしょう。心苦しいですが仕方ありませんわ」

「お前……」

「そうですわね。後は婚約者として有る事無い事魔法学園で言い触らしましょうか。わたくしにも学園に交流のある友人もいますし、商人同士の繋《つな》がりもあります。根も葉もない噂《うわさ》でも瞬く間に広がるでしょう。いくら有象無象はどうでもいいとおっしゃるヴァニタスさんも、荒唐無稽《こうとうむけい》な噂話を流されたら流石に困るのではないですか？　例えば……皇帝陛下暗殺を企てている、とか」

「……僕を脅す気か？」

「そのような怖い顔をしないで下さいまし。本当に行う訳ではありませんわ。……わたくしは宣言しているのです。貴方のような方を逃しはしないと」

立ち上がりぐっと体を近づけるマユレリカは、僕の瞳《ひとみ》をその万華鏡のように色鮮やかな瞳で覗《のぞ》き込む。

「漆黒の瞳……まるで吸い込まれてしまいそうな黒曜石《オブシディアン》のよう」

「…………」

「わたくしは貴方に輝きを見ました。以前とはまったく異なる貴方。クリスティナさんたちと主従の関係だけでない絆《きずな》で結ばれている貴方。信念と覚悟をもって敵と戦う貴方。転生で別人になったと貴方はおっしゃいました。でも、そんな貴方にこそわたくしは共にいて欲しいのですわ」

それだけを聞くと愛の告白のようだな。

見ろ、一緒に聞いていたクリスティナなんか自分のことでもないのに羞恥心から真っ赤《か》になっているぞ。

「僕には商売のことなどわからない。買《か》い被《かぶ》りかもしれないぞ」

「いいえ、わたくしも商人の端くれ。多少は人を見てきたつもりですわ。ヴァニタスさん、貴方はわたくしがいままで見てきた人たちとは何処かが違う。それが転生とやらのせいなのかはわかりません。でも……貴方ならきっと、わたくしと共に儚《はかな》い夢物語にも挑戦してくれるはずですわ」

「だが……」

「絶対に逃しませんわ。貴方がたとえ拒否したとしてもわたくしは諦《あきら》めません。ヴァニタスさんこそ理想のパートナーですもの！」

マユレリカには覚悟があった。

目標に準ずる覚悟が。

これほど真剣に僕を求める彼女に僕は――――。

「……だがわかっているぞ。リリカのためでもあるんだろ」

「ッ⁉」

「あの無惨にも残ってしまった傷跡を治す術を見つけたいんだな」

「はい……見つかるかもわかりませんけど、わたくしは……」

マユレリカの使用人であり幼馴染《おさななじみ》、リリカの傷は、粗末な短剣で切り裂かれたうえで不衛生な針で縫い付けられた。

碌《ろく》な治療もされなかった傷跡は化膿《かのう》し、もはや並の回復魔法や回復薬《ポーション》では完全には治せなかった。

いまも彼女は治療を受けながら静養の日々を送っている。

不幸にも消えない傷の残ってしまった彼女のために、か。

マユレリカは目尻に薄っすらと涙を溜《た》め俯《うつむ》いていた。

「責任を感じているんだな」

「…………はい」

「あの傷跡は普通の回復魔法では治療出来ないだろう。よほど卓越した回復魔法の使い手、それこそ皇帝陛下に仕える宮廷魔法師ですら難しいかもしれない。それでもか？」

「はい……それでもわたくしは探したい。あの子のために、何よりわたくし自身のために」

決意は固い、か。

「はぁ……わかった。いいだろう。……好きにしろ」

「ヴァニタスさん……！」

「ただし、僕たちは利用し利用される立場だということを忘れるなよ。僕がマユレリカ、君に協力したら君も僕に協力するんだ」

「はい、わたくしたちは対等ということですわね。はい！　はい！　……あ、ありがとうございます」

断られるのが怖かったのか？

目の端に光るものを浮かべたマユレリカは何度も確かめるように頷いていた。

はぁ……何故僕はこんな提案を受けたんだ。

僕にはメリットなどほとんどないというのに。

……だがまあ、マユレリカの新しい商会が軌道に乗ればそれだけ珍しい品も手に入り易《やす》くなるだろうし、広く情報を仕入れるのにも役に立つとも言えなくもない。

……完全にメリットがない訳じゃないか。

「どうした？　クリスティナ、僕の顔に何かついてるか？」

「ふふ、いいえ、主様はいつも通りです。ただ……」

「ただ？」

「必死で言い訳を探しておられるのかなと」

「……む」

……クリスティナに笑われてしまった。

まったくこれも全部マユレリカのせいだぞ。

「はぁ……」

「流石ヴァニタスさんですわ。では目指すは帝国一、いえ、世界一の大商会ですわ！　差し当たっては帝都での人脈作りですわ！　忙しくなりますわね！」

まったく困ったご令嬢だ。

仮初の婚約者マユレリカ、彼女はヴァニタス《僕》を慕うヒロインではない。

なかったはずだ。

それがいまはどうした？

僕を脅してまで協力させようとする強《したた》かさと、親友を癒やすために己《おのれ》の人生を懸ける覚悟を有している。

いずれ僕を切り捨てて主人公に靡《なび》くはずだった彼女は、いま僕の前で心からの喜びを表している。

しかも、僕を巻き込んでまで己の目標を叶《かな》えようと決意していた。

……これは面倒なことになりそうだな。

どうしてこうなった？

因《ちな》みにだが『流血冥狼《ブラッドシャード》』は小説の物語《ストーリー》では存在こそすれど登場しない犯罪者たちだった。

他領を追われリンドブルム領に流れ着いた彼らは、物語《ストーリー》中では語られることはなかったものの、誘拐事件とはまた別の事件を起こし、リンドブルム領騎士団団長グスタフと相争い全滅することになる。

その結果ザギアスは死亡。

さらにはグスタフも勝利こそすれ、致命傷を負い亡くなることになる。

物語《ストーリー》ではヴァニタスの歯止めともなっていたグスタフがいなくなり、エルンストは息子の蛮行を相談する相手を失う。

騎士団を統率していた実力者をなくしたことで領内は一時荒れ、ヴァニタスはさらに野放しになり、ますます調子づくことになる。

つまり、今回のヴァニタス《名もなき彼》の無謀とも取れる行動は間接的にグスタフを救い、領地の荒廃をも救う結果になっていた。

……物語《ストーリー》の裏側を詳しく知る者がいないため誰《だれ》も知ることのない事実だが。


マユレリカの思わぬ行動と覚悟に苦笑するヴァニタス。

本来ならマユレリカはここで誘拐されることなどなかったはずだった。

だが、運命は変わった。

名もなき彼の転生により引き起こされた波紋は、大きな混沌《変化》を齎《もたら》していく。

少しばかり強かになったマユレリカに、今後もヴァニタスが翻弄されるのかはまだわからない。

ただ、彼の苦難はこれからも続きそうではある。

「あ、ヴァニタスさん！　ラパーナさんに助けに来て下さった時のことの御礼を言いたかったのですけど、『誤解です』と言って聞いてくれませんの！　何故《なぜ》なんですの？」

「はいはい、わかったからもう少し落ち着け。あれはだな――」

Episode 34

第三十四話

老執事から見た見慣れた光景

「きゃっ！　またですか！　ヴァニタス坊ちゃまっ！」

「ん、ああ、すまない」

「いえ、いいんですけど……今週私もう六回目ですよ」

「そうだったか？　悪いな、覚えていない」

「もうっ……少しくらい気に留めて貰《もら》わないと困ります」

「善処しよう」

今日も取り寄せた書籍を読み耽《ふけ》るヴァニタス坊ちゃまのメイドの尻《しり》を撫でる姿に安心を覚える。

屋敷のメイドで撫でられていない者などいないのではなかろうか、変わらぬ熟練の手付きは最早絶対的強者のそれ。

しかも、どうやら最近メイドたちの間では、誰《だれ》が坊ちゃまに一番多く尻を撫《な》でられるかを競っているらしい。

……以前までなら万が一にも考えられない行動だ。

奴隷たちに暴力を振るう坊ちゃまは、身の回りの世話をするメイドたちにも恐れられ避けられていた。

その時はいまと同じように尻を撫でられたり体に軽く触れられたことに、苦言を呈《てい》することも気軽に嗜《たしな》めることも出来なかった。

恐怖から口を噤《つぐ》み、なるべく機嫌を損ねぬよう直ちに視界から去るだけ。

転生……別人……いまだ完全な理解には及んでいないが、坊ちゃまは確かに変わられた。

それが良い方向なのは間違いないだろう。

横暴に振る舞うことはなく理知的で激しい感情を表に表さない。

無為に暴《あば》れ回ることをせず、屋敷中に響く怒鳴り声をあげることもない。

奴隷の娘たちを連れハーソムニアに繰り出した後も、特に街の住民から不満は聞こえてこなかった。

日々接している者たちもヴァニタス坊ちゃまの変化に屋敷の雰囲気が良くなったと歓迎している。

しかし……エルンスト様とラヴィニア様、お二人にとっては悲しいことにいまのヴァニタス坊ちゃまはもう過去のヴァニタス坊ちゃまとは異なってしまった。

忙しい合間に時間を作っては幼い頃ヴァニタス坊ちゃまがラヴィニア様に花冠を作って下さったあの丘へと訪れるお二人の姿にはとても胸が締め付けられる。

ですが……それでも私が変わらずヴァニタス坊ちゃまにお仕えするのは疑う余地もない。

「爺や、何を呆《ほう》けている。今日の支度《したく》は整っているな」

「ハッ、勿論《もちろん》でございます」

「今日は特別な日になる予定だ。その一助を担うことになる彼女には精々熱烈な歓迎をしてやれ」

「はい。リンドブルム家の執事として精一杯のおもてなしをさせていただきます」

そうだった、呆けている場合ではない。

今日はハーソムニアから奴隷商人のある御方が訪れる日。

奴隷を扱う商人など信用ならない者たちばかりだが、いまのヴァニタス坊ちゃまのお客様なら失礼のないようにしなくては。

私が来訪者の訪れに気合いを入れ直した直後のことだった。

「キャッ⁉」

「坊、ちゃま？　流石にそれは……」

見れば坊ちゃまがメイドの尻を撫でるだけでは飽き足らず、パンッと叩《たた》いて音を確かめて……いる？

叩かれたメイドも驚いているが……心なしか他の者とは違う対応に嬉《うれ》しそうだ。

「ヴァニタス坊ちゃま、貴方様はまだ進化するというのですか……⁉」

あの無意識と有意識の狭間《はざま》の動き。

メイドによって許容される範囲を探りつつも、まるで躾《しつけ》るかの如《ごと》く叩《たた》く様は本能に根差した動きだと、で、も……。

このユルゲン、感服いたしました。

それにしても……先日の鍛冶師《かじし》親子の件といい、マユレリカお嬢様救出といい、坊ちゃまの采配は目を見張るものばかり。

救出に赴く際にはエルンスト様と僅《わず》かに衝突はあったようですが、それでも賊の魔の手から

マユレリカお嬢様を無事救い出した。

奴隷の娘たちとも日々信頼を深めているように見受けられます。

私もこの老骨朽ち果てるまで、いつまでも貴方様をお支えいたします。

兄想《おも》いのノイス様が天国で心安らかに過ごせるように。

「ハァー、まさかこのアタシがこんな貴族様のお屋敷に連れて来られるとはねぇ……」

「奴隷商人ともなればいくらでも機会はあっただろう？　いまさら緊張するようなことか？」

「まあね。しかし、まさかリンドブルム侯爵家の屋敷に呼ばれるとは思ってなかったんだよ。エルンスト・リンドブルム。アンタの父上はアタシたちのような後ろ暗い商売をする連中にあんまり介入してこなかったからねぇ」

「それはシュカ、お前が阿漕《あこぎ》な商売をしてこなかっただけだろう」

「ああ、だけど余計なチャチャが入らないからこそこの土地を拠点に選んでたんだよ。都市が発展してる割にアタシみたいな奴隷商人が商売するのにも寛容《かんよう》だったんだ。……だけどねぇ。さっき面通しされた時なんて言われたと思う？　『これからはリンドブルム侯爵家も奴隷を有効活用したいと考えている。ひいては君たちとの関係も見直すつもりだ。商売の内容にまでは介入しないが、我らにも奴隷を売って欲しい。せっかく我が領地で商売するんだ。安く売ってくれると助かる』だってさ。買ってくれるのは嬉《うれ》しいけどまさか値切ってくるとはね」

『普通貴族は面子《プライド》があるから値切ったりしないで言い値で買ってくれるんだけど、面と向かってあんなこと言われるとは予想外だよ』と困り顔でシュカは続けた。

父上は僕と奴隷三人娘の関係性の変化を間近で見ているからな。

ヴァニタスだった頃なら一方的な契約で縛る奴隷には憐憫《れんびん》の情しかなかったのだろうが、いまなら奴隷とも信頼関係を結べると知っている。

父上が奴隷の首輪を外し解放するつもりなのかはわからない。

だが、奴隷というある種そこにある人材の宝庫に目をつけたのだろう。

いままでは領地の運用や騎士団にもほとんどいなかったはずの奴隷を組み込み、信頼を得て仲間とする。

奴隷たちの待遇にさえ気をつければ彼らはリンドブルム領を発展、守護するのに大事な戦力となり得る。

そもそも非道な対応さえしなければ、奴隷なんて種類にもよるが、金で労働力と信頼が買えるようなものだ。

有効活用した方がいいに決まってる。

貴族の中には奴隷なんて下賤《げせん》な連中を使うなどと過剰反応するヤツもいるようだが、外野は吠《ほ》えさせておけばいい。

「ああ後『息子をよろしく頼む』だってさ。……にしても奴隷商人相手に簡単に頭を下げるかね。こっちが驚いて面食らっちまったよ。それにあの堂々とした佇《たたず》まい。イケメンなのもあって迫力が違ったねぇ。……悔しいけど初戦はこっちの敗北か。まったく、気が弱くて爵位の低い貴族たちからも舐《な》められていたはずのリンドブルム侯爵家当主様が、あんなに侮れない存在になるとは……。噂《うわさ》には聞いてたけど、まったく誰《だれ》の入れ知恵かねぇ」

「言っておくが僕ではないぞ。リンドブルム領の方針を決めるのは父上だからな」

『嘘《うそ》を言うんじゃないよ』とシュカは疑うが、奴隷の購入は実際に父上が決めたことだ。

……本当だぞ。

父上に奴隷商人《シュカ》を呼ぶから話をするならその時ですよ、とは伝えたけど。

交渉は最初に相手に罪悪感を植え付けた方が後々有利ですよ、とは言ったけど。

父上には父上の考えがある。

初手でシュカへの不意打ちも加味して予想外のことを連発し、動揺させる目的もあったのだろう。

実際シュカは侯爵家の当主に頭を下げさせたと思って微妙に父上に苦手意識を持っていそうだ。

……それにしても父上も搦《から》め手が上手《うま》くなったな。

さて、父上の話はこの辺りで切り上げ本題に入る。

今日シュカをこの屋敷に呼んだ理由は他でもない。

「それで？　頼んだ物はきちんと用意してきたんだろうな」

「勿論だよ。最高級の首輪を二つ用意した。そこのお嬢ちゃんたちの分だろう？」

シュカが配下に持ってこさせたのはクリスティナの首輪と同じ真紅の首輪。

奴隷の首輪の中でも最も質の高い最上級のもの。

「うむ、いい色だ」

クリスティナの首に嵌《は》められた首輪と遜色《そんしょく》ない輝き。

これならヒルデガルドにもラパーナにも似合うだろう。

僕が首輪の輝きに二人の首に嵌められた姿を想像していると、後ろから急に慌てた声がかかる。

「ちょ、ちょっと待っていただけますか⁉」

「どうした、クリスティナ?」

「その二つの首輪はヒルデとラパーナの物なのですよね?」

「そうだ。まだ二人には話をしていないが、シュカには彼女たちの分を確保して貰《もら》っておいた」

「な、何故《なぜ》この場に私まで?　いえ、ヒルデとラパーナが関《かか》わってくるのなら私も同席したいのは変わらないのですけど……シュカさんの視線が気になって……」

ああ、シュカは部屋に入った直後から終始ニヤニヤしてクリスティナを見ていたからな。

気になったのか。

「いや、クリスティナの基本契約を変更しようと思ってな」

「……え？」

「今日シュカに屋敷に来て貰ったのは他でもない。性的命令の拒絶可能の基本契約を変更するためだ」

「あ、主様《あるじ》！　それは私の覚悟を待っていただけるのではなかったのですか！」

「待つつもりだったがもういいかなと思って」

「軽い！　軽いです！　私そんな軽い女ではないです！」

顔を真《ま》っ赤《か》にして絶叫するクリスティナ。

なんだ、僕が大人しく待っているだけとでも思っていたのか？

「だが本当に嫌か？　どうしても？」

「うっ……その顔は止《や》めて下さい。断り辛《づら》い……」

「断るのか？　僕はこんなにも君が欲しいのに」

「ううう……」

感情がオーバーフローしたのかその場で口をパクパクさせて悶《もだ》えるクリスティナ。

うむ、なら先に二人に話をつけるか。

「ヒルデガルド、ラパーナ。話は聞いていたな。僕は君たちの首輪を交換したいと願っている。……首輪の色で僕たちの関係が変わる訳ではない。だが、僕は君たち二人もクリスティナと同様決して手放すつもりはない。その証《あかし》として……君たちの主の証としてこの首輪を贈りたい。どうだ？　一度奴隷から解放され、それでももう一度僕の奴隷になってくれるか？」

僕は出来るだけ真摯《しんし》に尋ねた。

僕の本心が伝わるように。

彼女たちを大切に思う想いが伝わるように。

少しの空白があった。

もどかしい時間。

しかし、ヒルデガルドがその口をゆっくりと開く。

「……主、奴隷、もう一度なる」

「ヒルデガルド……いいのか？」

「主、変わった、寂《さび》しい、でも……主といると、楽しい」

たどたどしくヒルデガルドは言葉を紡《つむ》ぐ。

それは彼女がいまの僕に抱いてくれた印象。

これまで共に過ごし育《はぐく》んできた絆《きずな》を表す言葉。

「主、競う、共に強く、高く」

「…………」

「一緒に、側《そば》に、ずっと」

「……………」

「奴隷、関係ない、主は、主、私は、私」

支離滅裂《しりめつれつ》にも聞こえる言葉の羅列。

ただ心の内を吐き出すだけの独白。

だけど……僕には伝わるものがあった。

彼女がこの先も僕と一緒にいたいと願っていてくれているのと心で理解していた。

「僕もヒルデガルド、君と一緒にいたい。たとえ地獄へと赴く道でも、どこまでも堕《お》ちていったとしても君とずっと一緒に……」

「うん、主、私、一緒。永遠に、死が分《わか》つ、ううん、死が私たちを離したとしても」

「ああ、共に」

「二人なら、強くなれる、一緒なら、もっと強く。死を、乗《の》り越えて」

「強く……そうだな。強くなろう。理不尽な死を跳ね除けられるくらいに」

「主、もう一度、よろしく！」

ヒルデガルドの笑顔が眩《まぶし》しかった。

死が分《わか》つ、しかし、悲壮な覚悟ではなかった。

ただ強く。

死すらも超えて強く。

ヒルデガルドが僕に待ち受ける死の運命を理解しているのかはわからない。

でも、彼女は僕の隣で共に強くなることを願った、願ってくれた。

ヴァニタスではない僕を見つけてくれた彼女。

いなくなったヴァニタスを惜しんでくれた彼女。

彼女と共に歩めることがこのうえなく嬉《うれ》しかった。


新しく自分の物となる真紅の首輪に興味を示すヒルデガルドから視線を移す。

まだ返事を貰《もら》っていない娘がいる。

「……ラパーナはどうだ？　もう一度僕の奴隷になってくれるか？」

「わたしは……」

僕とヒルデガルドのやり取りを見詰めていたラパーナは俯《うつむ》いていた。

……ただひたすらに申し訳なさそうに。

「ごめんなさい、ご主人様……わたし……まだもう一度あなたの奴隷になれる覚悟は……あり、ません」

Episode 36 第三十六話 麗しき三輪の花を優しく手折る

小さく華奢《きゃしゃ》な体をさらに縮《ちぢ》こまらせ、僕に向けて謝罪するように拒絶を絞り出したラパーナ。ヒルデガルドが首輪の交換を了承する姿を横目で眺めていた彼女は僕の反応に怯《おび》えていた。

しかし、僕は彼女を安心させるように笑いかける。

「フ、なんだ怒られるとでも思ったのか？」

「え？」

「我が侭《まま》になれと言ったのは僕だぞ。君がまだだと言うなら僕は待つさ。寧《むし》ろ自分の意思を示してくれたことが僕は嬉しい。いまのは君の心からの声だろうからね」

「ご主人、様……」

「だが覚えておいてくれ。君を手放すつもりがないのは本心だと。クリスティナやヒルデガルドと君は違う。だが価値が劣っている訳ではないんだ。ラパーナ、君は一人しかいないんだ。

――僕は君が欲しい」

「ううっ……」

「奴隷から解放され、もう一度奴隷になれだなんて酷《こく》に感じるだろう。だが必要なんだ。この真紅の首輪は僕と君たちを繋《つな》ぐ架け橋。互いを縛り繋げる鎖《絆》。この首輪が僕たちが繋がっている証《あかし》なんだ。それが粗末《そまつ》なままなことを僕は許せない。だから……君の決意を待つ」

「はい……その時は……」

見上げるラパーナの潤んだ瞳《ひとみ》と目が合う。

ラパーナの表情も力ずくではないとわかると幾分か和らいでいた。

さて、そろそろクリスティナも再起動したかな。

視線を自身の首輪を撫《な》でるラパーナからクリスティナに移せば、彼女はいまだに呆《ほう》けたままだった。

僕は彼女の前に真《ま》っ直《す》ぐに立つ。

動揺したまま揺れる澄んだ水色の瞳を覗《のぞ》き込み問うた。

「クリスティナ、返事はどうだ？」

「……本当に貴方様に……慈悲はないのですね」

「そうだ。僕は我が侭で、理不尽で、気まぐれで、自分勝手なんだ」

「………ラパーナには待つと言ったのに……」

「ああ、でも君にはもう待たない。待ちたくない」

「⁉」

僕はクリスティナの手を引き抱き寄せる。

彼女は抵抗しなかった。

「クリスティナ」

「……はい」

「僕の奴隷となれ。真の意味での奴隷に」

それは傲岸不遜《ごうがんふそん》な宣言。

一人の気高き女性を我が物としようとする許されざる蛮行。

だけど、僕は欲しいんだ。

「クリスティナ、君のすべてを僕にくれ」

「…………はい。私もヴァニタス様のお側《そば》にいたい。共に同じ道を……」


「じゃあまずはヒルデガルドからだね。クリスティナは最後《大トリ》と決まってるからねぇ……」

ねっとりとした視線でクリスティナに流し目を送るシュカ。

まったく、そう脅してやるな。

クリスティナが伏せた顔を耳まで真っ赤《か》にして震えてるじゃないか。

「さ、ヴァニタス坊っちゃん、アンタの血と魔力を頂戴しようか。それで契約を解除するよ。

ヒルデガルドはこっちだ。アタシの左手側に立っておくれ」

シュカは新しい首輪に夢中だったヒルデガルドを呼び寄せ、僕の対面に立たせる。

「む、ちょっとヒルデガルドにはしゃがんで貰った方がいいね。ヴァニタス坊っちゃんは小さいから」

「しゃがむ！　こう？」

「ああ、それでいいよ。素直でいい子だね、ヒルデガルドは。……じゃあヴァニタス坊っちゃん」

僕は次の工程を促すシュカの言葉に一つ頷《うなず》くと、腰に下げた短剣の刃で指先を切り裂いた。

鋭い微《かす》かな痛み。

珠《たま》のように膨れた血液が指先を伝い、床へとひたひたと零《こぼ》れ落ちていく。

「血のついた指で魔力を籠《こ》めてヒルデガルドの首輪に触れるんだ。そこからはアタシの出番だね」

「ヒルデガルド、いいな？」

「……うん」

「では、ここに両者に結ばれた主従の契約を解除する――――契約解除《コントラクト・キャンセレイション》」

仄《ほの》かな発光は微かな温かみのある橙《だいだい》色にも見えた。

カランと床に何かが落ちる音がする。

黒色の首輪――――さっきまでヒルデガルドと僕とを結びつけていたはずの主《あるじ》と奴隷の証。

「………」

眼下に転がったそれに一抹の寂《さび》しさを覚える。

だが、違った。

ヒルデガルドは僕を真っ直ぐに見詰めていた。

そこに先程までとの違いなど欠片《かけら》も存在しなかった。

首輪がなくとも僕たちは結ばれていた。

信頼という鎖に。

シュカに促される前に真紅の首輪を手に取る。

僕の手は血に濡《ぬ》れている。

それでも構うものかと首輪を摑《つか》んでいた。

「主、お願い」

跪《ひざまず》き首を差し出すヒルデガルド。

柔らかな髪を避《よ》け、彼女のたおやかな首に真紅の首輪を嵌《は》める。

「ヒルデガルド」

「主」

見上げた彼女と視線が結ばれる。

言葉など要らなかった。

「――――隷属契約《スレイバリーコントラクト》」

シュカの厳かな声が室内に響き渡る。

それだけで僕たちは再び主と奴隷になった。

しかし、以前の僕たちとは違う。

信頼の上に紡《つむ》がれた主と奴隷の絆《きずな》は、前までより遥《はる》かに強固に繋がれていた。

「主、首輪、綺麗《きれい》？」

「ああ、よく似合っているよ。綺麗だ」

場を包んでいた緊張を新たな首輪にはしゃぐヒルデガルドが和らげていく。

真紅に輝く首輪は彼女の天真爛漫《てんしんらんまん》な美しさを一層際立《きわだ》たせていた。

……さあ次だ。

「クリスティナ、覚悟はいいか？」

僕は無言でヒルデガルドとのやり取りを見守っていたクリスティナを見る。

「その……主様……」

「どうした、クリスティナ？」

「手を……握っていただけませんか？」

「ああ……わかった」

おずおずと差し出してきたクリスティナの手を握る。

ハーソムニアの街に繰り出す時には結べなかった手。

細く張りがありながらもところどころに剣ダコの目立つ努力の詰まった手。

僕はそっとその手を包みこんだ。

「クリスティナ」

「はい、いまこそあの時の答えを。ヴァニタス様、『私のすべてを貴方様に委《ゆだ》ねます』」

血に濡れた指で彼女の真紅の首輪に触れる。

温かかった。

まるで彼女の熱が僕へと伝わっているかのように。

「――――契約変更《コントラクト・チェンジ》」


「…………」

「どうしたクリスティナ。どこか首輪に違和感があるか？」

「い、いえ！　ただ……」

「ただ？」

「これで私は主様のものになってしまったんだな、と」

クリスティナの首輪を撫でる手付きは、愛《いと》おしいものに触れるかのように繊細で優しかった。

「ああ、これでクリスティナのすべては僕のものになった」

「……はい」

「ありがとう、クリスティナ」

「え？」

「僕を受け入れてくれて。こんな僕の側にいる決断をしてくれて。僕は――――」

「主様……その先は言わないで下さい。私は主様と共に歩みたいと願いました。たとえ貴方様の歩く道が茨の道だとわかっていても、私も一緒に歩きたいと願ってしまった」

「………」

「私は貴方に出会えて良かった。だから……何も言わないで」

真剣なクリスティナの瞳に僕はただ押し黙ることしか出来なかった。

でもそれで良かったんだ。

気持ちが伝われば、心が伝わればそれでいい。

それだけでいい。

しかし……。

「それはそれとして今日は三人共僕の寝室を訪れるように。いいな。三人共ハーソムニアで買ったネグリジェを着てくるんだぞ」

「え……？　あ、三人共、ですか⁉」

「………え？　わたし、も？」

クリスティナとラパーナが驚きに目を点にしている。

何故《なぜ》だ？

ラパーナはともかく、クリスティナはそのために契約を変更したとわかっているだろうに。

「主、部屋？　行く！」

「なんで、わたし……首輪変わってないのに……」

「そ、そんなすぐのすぐなんて……物事には順序が……せ、性急過ぎます!!」

三者三様の反応を見せてくれる奴隷三人娘に、僕は努めて冷静に告げた。

「異論は認めないぞ。今日の夜を楽しみにしている」

そうして時は経《た》ち暗闇《くらやみ》の支配する時間。

僕の部屋には明かりを灯《とも》す魔導具《マジックアイテム》の光だけが揺らめいていた。

静かな室内にノックの音だけが響き渡る。

「よく来てくれたな。寒くなかったか？　さあ、三人共、こちらに。ん？　ああ、ラパーナは見学だ。部屋の隅で控えているように」

僕は子供に手を出すつもりはないが、見学くらいはいいだろう？

露骨にホッとした顔を浮かべるラパーナを寝室の隅に座らせ、直立不動のクリスティナと緊張とは無縁のヒルデガルド、二人をベッドへと手招きする。

そうして僕たちは――――。

「…………」

「あ……え、そんな！」

「…………」

「え？　あ？　そんなこと……まで？」

「…………」

「あわわわ」

「……」

「あわあわあわ」

「……」

「あ、あ……あ……」

「ヴァニタスさん、マユレリカですわ。朝から申し訳ないのですけど、少し魔法学園についてお話が――――ハア？？？　な、なんて格好をしていますの⁉　は、早く服を着てくださいまし！」

「何故、急に扉を開ける？　ここは僕の寝室だぞ？」

「だって、だって貴方のメイドが通すんですもの！　『婚約者ならまあいいですか』ってそういうことなんですのーー‼」

「まったく……朝から騒々しい、な……二人共」

「…………はい」

「マユレリカ、元気！」

主と奴隷、関係は変わらずとも僕たちは新たな絆を得た。

それがなによりも嬉しかった。

「クリスティナ、ヒルデガルド、ラパーナ。ずっと僕と一緒にいてくれるか？」

「はい……ずっとお側に」

「主、一緒、永遠！」

「……………考えておきます。……前向きに」

ここから先茨の道が待ち受けているとしても僕は歩みを止めることはないだろう。

信頼する彼女たちと一緒ならば――――。

第三十七話　最愛のものを奪われた日

それはすべてを奪われた日。

一人の少年が嘆き絶叫し世界を呪った日。

「ヴァニタス・リンドブルム！　俺《おれ》と決闘しろ！」

「決闘……だと？　お前如《ごと》きド平民が？」

帝都に存在する魔法学園の一室で二人の少年が言い争っていた。

求めるは決闘。

互いの同意の元に譲れないものを賭《か》け争う神聖なる儀式。

「そうだ！　クリスティナさんを奴隷から解放しろ！」

「ハッ、何馬鹿《ばか》なことを言ってやがる。俺の奴隷だぞ？　俺だけの奴隷だ。解放なんてする訳ないだろ」

「だから決闘するんだ！　俺が勝ったら彼女を奴隷から解放して自由にしろ！」

「……お前が負けたらどうする気だ？　まさか、こっちにだけ賭けさせて自分はリスクを負わないなんて、言わないよなぁ？」

人形のような容姿の少年が顔を醜く歪《ゆが》ませて黒髪の少年に問う。

彼は勝利を確信していた。

絶対にこんな貧しい平民に負けることはないと。

だからこそ問うた。

お前は何を賭けるんだと。

決闘を申し込んできたもう一人の少年、魔法学園に編入以来何かと楯突《たてつ》いてきた目障りな少年を破滅させるために。

「なら……俺は退学する」

「へぇ……」

「もし負けたら俺は魔法学園を去る！　それでいいだろ？　ヴァニタス・リンドブルム！」

目論《もくろ》見通りだった。

少年は間髪入れずに了承する。

「いいぜ、やってやってもいい。だが……」

人形のような少年は決闘に際し一つの条件を提示した。

悪意に醜く口の端を吊《つ》り上げて。

「――――は？　俺に、彼女と戦えって言うのか。クリスティナさんと戦え、と……？」

「ああ、嫌ならいいんだぜ？　だが決闘は代理を立てることが認められてる。俺の代わりにクリスティナに戦わせるだけだ。あ？　やっぱり止《や》めるのか？　この腰抜けが！」

「ヴァニタスっ……お前、どこまで腐って……」

「おいおい、いくら魔法学園が貴族と平民の平等を謳《うた》っているからって暴言は困るなぁ。もっとお行儀よくしてくれないと」

「ヴァニタスっ……！」

一方は余裕と嘲《あざけ》りの笑みを浮かべ、一方は不条理《ふじょうり》に怒りを滲《にじ》ませていた。

「クリスティナさん……俺は……」

「…………」

「あなたと戦います。あなたをヴァニタスの魔の手から救い出すために」

「でも……」

「これから俺はあなたを傷つける。でも、それはあなたをあの悪童《ヴァニタス》から、奴隷から解放し救い出すためなんです。どうか決闘以外の手段を思いつかない俺を許して下さい」


決闘の噂《うわさ》は瞬く間に学園中を駆け巡った。

学園屈指の問題児と季節外れの時期に学園に通うことになった編入生の戦い。

注目を集めるのは当然だった。

舞台となる屋外訓練場には多数の生徒が詰め掛けていた。

「ヴァニタス・リンドブルムと編入生の決闘だってよ。なんでも編入生の方から決闘を申し込んだらしいぜ」

「決闘なんて生死を問わない戦いでしょ。滅多に行われるもんでもないし。学園内の序列を競う戦いとは違う。まったく……男子はよくこんなのに興奮出来るわよね」

「いやだってあのヴァニタスだぜ？　我が侭な貴族の中でもクズ中のクズ。……期待しちゃうだろ、編入生には」

「まあ、ね。遠目で見る分には貴族らしく容姿は整ってるんだけど……あの性格は最悪なのよね。平民の生徒への当たりも強いし、帝都では理不尽な横暴振りで有名だもん」

「どっちが勝つと思う？　おれは編入生に賭けるぜ」

「なら……わたしも編入生に一票」

「オイ、賭けになんないじゃねぇか！」

「だって……勝って欲しいじゃん。あんな横暴な貴族になんて負けて欲しくない。それに、勝てばあの奴隷の女の人も解放されるんでしょ？　わたしあの人が帝都の街中で暴力を振るわれてる姿見ちゃったんだよね。だから……勝って解放されて欲しいな」

多数の観客の見守る中決闘は始まった。

騎士然《ぜん》とした流麗《りゅうれい》な剣技を扱うクリスティナ。

荒削りながらもがむしゃらに真《ま》っ直《す》ぐに戦う編入生。

両者譲らずの決戦。

戦いは熾烈《しれつ》を極めていた。

「どうしたド平民！　防戦一方だなぁ！　亀のように守ることしか出来ねぇのか！」

「ヴァニタスっ！」

「…………余所見《よそみ》を、しないで下さい」

「くっ……クリスティナさん」

「ド平民！　これはお前が申し込んできた決闘だろうがぁ！　逃げるな！」

人形のような少年から心無い言葉が飛ぶ。

黒髪の少年は苦戦していた。

奴隷の少女《クリスティナ》は彼よりも実力が上だった。

「くっ、強化《ブースト》！　クリスティナさん。俺はあなたを――――」

「【命令だ。クリスティナ。そのド平民をぶちのめしてやれ】」

「ヴァニタス！　オマエ、クリスティナさんに無理矢理っ！」

「ごめんなさい、私は……主様《あるじ》の『命令』に逆らえないんです。――――水麗鷲《プルクラアクアイーグル》」

魔力で作り出された水の鷲《わし》が黒髪の少年を襲う。

両翼を羽撃《はばた》かせた鷲は咄嗟《とっさ》に避《よ》けようとした彼の後を追いかけ飛翔する。

「ぐあっ!!」

「ハハハハハッ、ド平民！　お前は地面に伏せてる姿が一番似合ってるぞ！」

地に倒れ伏した黒髪の少年。

だが彼は諦《あきら》めてなどいなかった。

傷つき這《は》いつくばらせられたとしても、その瞳《ひとみ》は熱を失っていなかった。

立ち上がる。

満身創痍《まんしんそうい》の体を引き摺《ず》り剣の切っ先を杖《つえ》にしながらも。

そして叫んだ。

多数の生徒で溢《あふ》れ返った訓練場に、断固たる決意と不退転の覚悟が籠《こ》められた宣誓が響き渡る。

「俺は……勝つ！　勝ってあなたを救い出す！　そのためなら何だってやってやる！　――限界超越強化《リミットブレイク》!!」

少年は手を伸ばす。

奴隷へと囚《とら》われた少女クリスティナへ。

たとえ彼女を傷つけ決闘の後《のち》に嫌われることになったとしても、必ず救い出すのだと心に決めて。

「ヴァニタス！　俺の、勝ちだ！」

その一途な願いは叶《かな》った。

雨が降っていた。

土砂降りの雨が少年の激しい悲しみを表すように。

「ウソ、だ……」

最後に地に伏せていたのは人形のような少年ただ一人だった。

訓練場には彼の側《そば》に控える二人の奴隷の少女以外はもう誰《だれ》もいなかった。

いつも『主様』と言ってついてきてくれた少女は勝者に連れられこの場を去っていた。

残されたのは彼女の首から外され雨雫《あめしずく》に濡《ぬ》れる真紅《しんく》の首輪だけ。

「ぐぅ……クソっ、クソ、クソ、クソ、クソっ！　なんで負けた！　なんで負ける！　平民だぞ！　クリスティナだったんだぞ！　なんで、なんで負けたんだ!!」

すべてを吐き出す絶叫だった。

少年は項垂《うなだ》れ地面を拳《こぶし》で叩《たた》きつける。

血が流れるのも厭《いと》わなかった。

それほど我を忘れていた。

失ってはいけないものだと悟っていたから。

どうしても欠けてはいけないものを失い発狂していた。

「あああああああっ！　あのド平民がぁ！　なんで！　なんでだよぉ‼」

「主《あるじ》……大丈夫？」

「うるさいっ！　俺に触れるな！」

「主……？」

「ヒルデガルドぉ……お前も俺を馬鹿にしてるんだろ！　俺が、俺があんな決闘を受けたから間抜けにもクリスティナを失ったんだと！」

「そんな、こと……」

「俺がっ、俺が馬鹿だったからアイツを失ったんだと蔑《さげす》んでいるんだろ！　なあ！　ラパーナ！　お前だって！」

「ヒィ！」

心にヒビが入っていた。

決して癒えることのないヒビ。

弟を失った時と同等、いやもしかしたらそれ以上かもしれない衝撃。

絶望の中で彼は叫ぶ。

「アンヘルーーーーー！！！　絶対に！　絶対に！　お前は許さない！　見ていろ！　俺から最愛のもの《クリスティナ》を奪ったお前を俺は絶対に許さない‼」

これはあり得たかもしれない未来。
しかし、ヴァニタス・リンドブルムの中身が変質したいまとなっては未確定となった未来。

物語の次の舞台は、最大の宿敵たる主人公と出会う始まりの場所——ゼンフッド帝立魔法学園。

あとがき

最後までお読みいただきありがとうございます！

もしかしたらあとがきから読まれる方もいらっしゃるかな、とも思いますがまずはご挨拶を。

はじめまして、びゃくしと申します。


ご挨拶の後に恐縮なのですが、本作はWebの方でも公開させていただいております。

そして、Web版をお読みの方は本作を読んですでにお気付きかと思います。そうです。ネタバレになるので詳細は伏せますが、書籍にはあの人物が登場しておりません。

……彼の活躍をご期待下さっていた方には申し訳ありません。私としても彼を登場させないというのはとても辛い選択ではありました。しかし、Web版の読者の方にも新しくこの物語を手に取って下さる方にも、喜んでいただきたいと考えた結果、このような形となりました。

とはいえこちらの物語も精一杯書き上げたつもりです。Web版とは異なる展開を迎えたヴァニタスくんたちの物語、どうか少しでも気に入っていただけたら嬉しく思います。

……それはそれとして、お許しいただけるならいつか何処かで二つの物語がほんの少しでも触れ合えるような物語を紡げれば……なんて夢見る作者です。

ここからは謝辞を。

数多ある物語の中から拙いこの作品を見出して下さった担当編集のさわお様、副担当編集のハバネロちゃん様、本当に本当にありがとうございます。何度も何度もやり取りさせていただいてその度にご迷惑をお掛けしてしまいました。何一つわからない中、一つ一つ丁寧に教えていただき感謝しております。

また、本作のイラストを描いて下さったファルまろ先生。

ヴァニタスくん含めクリスティナも、ヒルデガルドも、ラパーナも、皆本編以上に可愛く、そして生き生きとして仕上がっていて、はじめて拝見させていただいた時はとても感動いたしました。登場人物たちの姿が克明になったことで、私の思い描く以上に世界が広がった感覚を覚えました。皆を魅力的に描いて下さり本当にありがとうございます。

……実は私の中ではクリスティナはもう少しスレンダーなイメージなのですが、ファルまろ先生の描くイラストの魅力に負けてしまったのは内緒です。

最後にもう一度皆様に感謝を！

この本を手に取って下さり本当にありがとうございます！

どなたか一人にでも心に残る物語になっていればとてもとても嬉しいです！

ではまたお会い出来ますことを祈っております。

ファンレター、作品の
ご感想をお待ちしています

〈あて先〉

〒105-0001
東京都港区虎ノ門2-2-1
ＳＢクリエイティブ（株）
GA文庫編集部 気付

「びゃくし先生」係
「ファルまろ先生」係

本書に関するご意見・ご感想は
右の QR コードよりお寄せください。

※アクセスの際や登録時に発生する通信費等はご負担ください。

https://ga.sbcr.jp/

無慈悲な悪役貴族に転生した僕は掌握魔法を駆使して魔法世界の頂点に立つ
～ヒロインなんていないと諦めていたら向こうから勝手に寄ってきました～

発　行　　2024年3月31日　初版第一刷発行
著　者　　びゃくし
発行者　　小川　淳

発行所　　SBクリエイティブ株式会社
〒105-0001
東京都港区虎ノ門2-2-1

装　丁　　AFTERGLOW

印刷・製本　中央精版印刷株式会社

乱丁本、落丁本はお取り替えいたします。

本書の内容を無断で複製・複写・放送・データ配信などをすることは、かたくお断りいたします。

定価はカバーに表示してあります。

©Byakushi

ISBN978-4-8156-2473-6
Printed in Japan
GA文庫

「キスなんてできないでしょ？」と挑発する生意気な幼馴染をわからせてやったら、予想以上にデレた３
著：桜木桜　画：千種みのり
GA文庫

「そういうこと、言うんだ。なら、私にも考えがあるけど？」

　お互いの好意に気づいていながらも一向に素直になれない一颯《いぶき》と愛梨《あいり》。

　いかに相手から好意を引き出そうかと画策するなか、バレンタインデーで誰にチョコを渡すかという話になり愛梨も一颯へチョコを用意することに。

「あ、あのくらいじゃ……告白のうちに、入らないわよね？　だって、好きって言ってないもの」

　チョコを渡すだけのはずが告白を匂わせるような雰囲気になってしまい、進展の気配が近づく──？　なぜか素直になれない生意気美少女とのキスから始まる焦れ甘青春ラブコメディ、第３弾！

レアモンスター？それ、ただの害虫ですよ
～知らぬ間にダンジョン化した自宅での日常生活が配信されてバズったんですが～
著：御手々ぽんた　画：kodamazon

GA文庫

ドローンをもらった高校生のユウトは試しに台所のゲジゲジを新聞紙で潰すところを撮影する。しかし、ユウトの家は知らぬ間にダンジョン化していて、害虫かと思われていたのはレアモンスターで⁉

撮影した動画はドローンの設定によって勝手に配信され、世界中を震撼させることになる。ダンジョンの魔素によって自我を持ったドローンのクロ。ユウトを巡る戦争を防ぐため、隣に越してきたダンジョン公社の面々。そんなことも気づかずにユウトは今日も害虫退治に勤しむ。

――この少年、どうして異常性に気づかない⁉　ダンジョン配信から始まる最強無自覚ファンタジー！

第17回 GA文庫大賞

GA文庫では10代~20代のライトノベル読者に向けた
魅力溢れるエンターテインメント作品を募集します!

イラスト/はねこと

大賞賞金300万円+コミカライズ確約!

◆ 募集内容 ◆

広義のエンターテインメント小説(ファンタジー、ラブコメ、学園など)で、日本語で書かれた未発表のオリジナル作品を募集します。希望者全員に評価シートを送付します。

※入賞作は当社にて刊行いたします。詳しくは募集要項をご確認下さい。

全入賞作品を刊行までサポート!!

応募の詳細はGA文庫公式ホームページにて

https://ga.sbcr.jp/